阳光猛烈，万物显形

The Sun Shines Fiercely, the Whole World Appears

阿乙

译林出版社

语言是我们拥有的
最高贵的工具，
既能揭示思想
又能掩饰思想。

——奥斯卡·王尔德

目录

B

报　复

整个春天，他们围在窗前，看景色：青色的山脉，映照着白云的河水，被雨淋过的树枝，还有一块糟糕的泥田。整个春天，他们都在议论那头蠢牛和比它更蠢的农夫，他和它将石块翻进泥田，而不是翻出来。

入冬时，他们找到农夫。后者抓起一把陈米，一粒粒地漏进他们早已伸过去的帽子里。“你得确保你心里没有在说，要不是风调雨顺，老天帮忙，他怎么可能收获到粮食。”农夫捏住手中的米。

“我们确保。”

“你得确保你心里在说，我再也没见过像他这么伟大而慈悲的人了。”农夫开始让米重新漏下去。有一些自尊心过强的人因此走掉。极个别的人索性不来，饿死事小，失节事大。

豹　子

梦中遇见豹子，由驯养人牵着，跟着我们远行。它保留着丑陋、凶恶的外貌，但是非常听话，却也只是听驯养人的话。驯养人是我们的姨爹。我一路都在想，倘若它扑过来，我能否一拳打破它的天灵盖（不能）。它太让人恐惧了，以至于我们一行人中的病人不敢呻吟。我们行走时身体发软，精神因紧张而疲劳，却不知不觉走了很久。大家走在一起，尽量离豹子远一点，咳，走在豹子后头的倒是敢凑近它，甚至会故意靠近。小孩子甚至试着去摸，还没摸到或者刚一摸到便像触电，突然扬起手，张大嘴露出惊诧的表情，还对我们笑。我们报以微笑。我们不敢停在路边撒尿。我们不知道为什么就要跟着姨爹出发，旅途漫长，目的地遥遥无期。豹子身上散发着浓重的尿骚味，呼吸喷向地面时，草丛匍匐。它的皮毛看起来极不真实，毛里有很多白丝，也许是老得不行，但你不能因此断定。通过步伐也判断不出它的年龄。它一直沉稳地走着，也许是用沉稳隐藏衰老，也许仅仅只是少年老成。休息时它吃姨爹扔下去的肉，眼睛盯着，前爪抓牢，用嘴去撕扯，血淋淋的，血丝挂在胡须之上。它对食物没有特别的情感，在规定时间内吃完了，姨爹还没来得及催促，它便已站起来。姨爹在和我们抽烟，他长得极为干瘦，又老又黄的皮肤因为紧绷而极为光滑，右眼角有颗痣，痣像一颗光亮的红豆，里边似乎有血管。他跟我们一起吃自带的粮食。

“你看，它吃肉，我们只能吃米饭和菜叶。”他说。

“没事，它不凶。你不惹它就没事，跟狗一样。就是惹也没事。”他接着说。

在我们吃饭时，豹子抬抬腿，放下，孤独地望着远方。整个梦都带有一股尿骚气，我总是听见豹子抽动鼻子，向地上喷气。

表演模式

芥川龙之介《手绢》

这个短篇写到一个类似教师的角色，偶然读斯特林堡的《剧本创作法》，云：演员体会最普通的感情，发现一种恰如其分的表现手法。当他通过这个方法获得成功的时候，就不论情况是否合适，一方面由于驾轻就熟，另一方面也由于已经获得成功，动不动就运用这种手法。然而，这就是“表演模式”。这时有陌生人来造访，他很惶恐于自己对来者的陌生。倒是对方表明身份，原来是他学生的母亲，而那名学生已经死掉了，今日是头七。教师看着对方神态安静，嘴角甚至有些微笑，有些不解。可是当他低下身子去捡什么东西，却又看见她的手在膝盖上颤抖，手间扯着一块可怜的手绢，几乎要撕裂了。

芥川写这篇小说时只有二十四岁。

他接着写：在妇人走后，主人公继续看斯特林堡的书，斯氏说，我年轻的时候，听人说过有关海堡夫人的——大概是巴黎生产的——手绢的事。这是面带微笑、手撕手绢的双重表演。我们今天把这种演技称为“派头”。

附：

见厌

在《山药粥》这个短篇里，芥川叙说了一名凄惨的下等武士，每受人欺侮，只能说，莫如此啊，各位仁兄。他活着，其实依赖着对山药粥的渴望，大概没有比痛痛快快喝一碗山药粥更值得追求的，可是在主人的残羹里，他却总是满足不了这个愿望。后来有位异地的公子带着他远行，将他带到公子的领地。公子下令采挖山药，招待武士。最终在武士面前出现的是一口大银锅。锅内，山药粥漫然如同海水。

“不用客气，尽管喝吧。”

武士勉强喝了半锅。若是再多喝一口，恐怕不等咽下去就会吐出来。

捕 鼠 者

写过小说《北范》后，原本打算再写《南杨》。讲的是一位乡镇的侠客，醉倒在雪地里，清晨被发现死亡，尸体旁有很多冻结的他人脚印。这意味着很多人看见他的险情，也曾长久驻足，但无人出手相救。究其原因，是他的存在，压缩了众人的自由。

在我们身上，总是存在一些有意、无意，明显、不明显的错误。我们在插队、吐痰、抽烟、扔果皮、说话、让座等方面总会有一点失误，这里边有的是教养问题，有的则是疏忽大意而没有预见，或者已经预见而轻信能够避免。我们的错误，有的给别人造成了麻烦，有的丝毫没有。但它终归是个错误，您说是吧？侠客就是这样宣判的。对侠客们来说，他人的错误便是可供利用的资源。资源是可以抢的。

我想到那远在多雨之国的道德捕鼠者，当他宣布自己将去探望远方的女儿时，后者站在电话筒这边，战战兢兢，丢掉手中的烟头。她知道他对待烟民的态度。任何的烟味儿都可能导致他怒不可遏。她准备像通过一场考试那样，通过父亲的这次探望。我还看见一则新闻，有人因为扔香蕉皮惹事了。过程如下：扔香蕉皮——有人义正词严，要求他捡起来——众目睽睽之下觉得失面子，与之争辩——斗殴——被揍。众人叫好。可是，倘若犯下这个过失的是我们自己呢（有的人一辈子都不会扔香蕉皮，但可能在卧铺打鼾，或者不小心在封闭空间放屁），我们是否应该欢迎一位侠客过来，伸出手，命令我们正视自己的错误呢。我们觉得事情可以商量，比如来的人只是温和地提醒，但有时事情并不容你商量。我们身边并不缺乏狂热的执法志愿者。

在设想的小说里，南杨杨如意开办武馆，带着仅有的三名弟子去车站和广场，义务反扒，顺便对那些吐痰、乱扔烟头、插队的人进行教育。他们既弘扬社会道德，又增加了可能的实战机会。自从他们出现后，社会紧张性后退，连从山上下来的文盲也知道了规矩。最终，在没有对象可下手时，他们设局，栽赃于路人，将清白的人诬为坏人。派出所奈何不了这些公德爱好者，因为他们没有从中获利一文。

不真实感

阳光猛烈，万物显形。保安躲在阴暗处。卖煎饼的汗如雨下。高架桥上车水马龙。你拿着一张CT图，想到医生说，肺那里密密麻麻，阴影有点重，我们医院太小，你去大医院吧。

C

岔口

城市腹地

赤裸裸的哭泣

池塘上的旅行

重合

出租车司机

磁性

存在

岔　口

二〇〇三年，火车离开郑州，有人送我。后来听朋友转述，她说:“要是我答应他，他就会留下来。”同年，在上海和女人同车，路过一条与郑州二七广场附近隧道类似的隧道，她说:“我以为是回到郑州了呢。”我也觉得像是回到郑州。也因为此，我们知道彼此都在郑州生活过。天意因此加重。二〇〇四年，我提着一台碟机，搭乘火车灰溜溜地离开上海。

城市腹地

下午坐出租车，在城市腹地穿行。柏油路平整、流畅，占领摩天大楼之间的空隙。城市被道路占领。沥青的洪水涌到摩天大楼脚下，粘住门童的裤腿。像一匹马的皮肤，乌黑发亮，擦过去有哗哗的声音。关于黑夜中黑色的种马，布罗茨基有十六种形容（1. 在世界上没见过更黑的事物；2. 四肢漆黑如乌煤；3. 身躯漆黑如虚空；4. 比黑夜还黑；5. 如此黑，阴影投下也不留痕迹；6. 染也染不出这种黑；7. 如黑凛凛的午夜；8. 如凶猛而不见底的针心；9. 如耸立眼前的密林；10. 如窝行肋骨间绷紧的空隙；11. 如土地底下躺着种子的凹处；12. 然而我们一望，它就更是黑得发亮；13. 它腰身潜藏着深不可测的幽暗；14. 它背脊完全从我们视野里消失；15. 不留下哪怕一个小光点；16. 它两眼的白光像扫来两道闪电。——约瑟夫·布罗茨基《那晚，我们围坐在篝火旁》，黄灿然译）。黑色粘满城市空隙。在穿过这城市的原始土地——这已进入神话并与造物者共存的物质——之时，我看见一片闪亮的瓦砾。足有一条街那么长，但是那么渺小。我当然听见天神的愤怒。他目眦欲裂，高举镜子朝驱逐他的地界掷下。每片坚硬的混凝土碎片都反射着心碎的阳光。明晃晃的结局和忧郁。也许在某个前天，在它尚为楼宇之时，楼道间的自来水表滴着水，地板阴凉，一对夫妻卧于床上。男士躺在身后，指尖轻抚山丘一般起伏的弧线，抚摸耳垂、圣器和阴毛，准备缓慢地度过一个下午、十个下午、一两百个下午。我们坐着车飞驰而去。每个人都有义务感受生活的不容易，至少是需要一点点麻烦。

赤裸裸的哭泣

二〇一三年三月十七日，WBO次中量级过渡拳王争霸赛，俄罗斯人鲁斯兰·普罗沃德尼科夫在苦战十二回合后，泪流满面。点数十分接近。有几次他差点将对手，号称是“不败枪”的卫冕拳王布拉德利击倒（反过来的情况可是一次也没有），最后十秒，他有机会杀死比赛，但狡猾的布拉德利在倒地后迅速爬起，单膝跪地，耗费掉最后的时间。

“我不知道我还要怎么做才行。”事后，鲁斯兰说。在裁判结果还没出来时，二十九岁的他似乎预感到什么，开始哭泣。从前看到后的我也差点哭了。他知道他只在人们心里赢了，而这样的胜利怎么说呢，真他妈让人痛苦。三名裁判一致宣布布拉德利点数胜利。从此，在博物馆里，被记录的只是这些专家或者说圈内人的证言。鲁斯兰在道义上的胜利只能管上一天，观众起立鼓掌，为他尖叫，但是这一天过去后，再找这些吃着爆米花的旁证便难了，就像很难找到一位车祸现场的目击者。他清楚极了。也许在未来，他的这场伟大演出只会在一档叫“十大虽败犹荣”的节目里播出，在那回忆的腔调里，他看起来像个不幸的怪物。这人多倒霉啊。他被那些自作多情的编辑弄成一个愚蠢的人，一个虽然愚蠢但多少还可爱的人。他想，谁他妈要可爱。眼前的现实是：一个被自己揍得不行但没有揍倒的人，利用对规则的熟悉，盗取了胜利和伟大。

池塘上的旅行

我们在上万公顷的池塘里旅行。如果不是这只铁皮小船在缓慢行进，瓦片色的水面就像是死掉了。我们用木桨小心而有效率地拨开上面的飘萍。它们像老鼠一样繁殖，几乎占领一半的水域。我们看到很多名人的幽灵。他们自从死去就一直漂荡在这里，手中各自抓着一根丝线。我们沿着卡夫卡的那根线，打捞出一具枯骨。谁也分辨不出它和别的死者有什么不同。可能只能判断它是女性的。标记上写着费丽丝·鲍威尔小姐的名字。是他的未婚妻。因为这个幽灵，我们知道历史上有这个人存在。自从一九一二年结识后，六年内他们两度订婚，两度解除婚约。我们在勃朗特三姐妹那里打捞出她们一个兄弟的名字：布兰威尔。

重　合

我曾写短篇小说《先知》，让主人公朱国爱说："这就是人类潜意识共同的话语，而由这潜意识带来的行为只有一种，那便是杀时间。手淫是一个人杀，谈恋爱是两个人杀，搞三角恋是三个人杀，扭秧歌是十几个人杀，打世界大战是组织地球人一起杀，人之初，性本杀。"今天，我看见毕希纳写的话剧《雷昂采与蕾娜》，雷昂采说："人们所干的一切无不是出于无聊。他们学习是出于无聊，他们祈祷是出于无聊，他们恋爱结婚和生儿育女都是出于无聊，最后他们死亡也是出于无聊。"毕希纳死于一八三七年。在博尔赫斯的小说《永生》中，有一句题记："所罗门说，普天之下并无新事。"而在《先知》写出后，最先的读者之一wsg127说，其实圣经《传道书》中早就对人生的虚空有了更明确的讲述："我专心用智慧寻求、查究天下所做的一切事，乃知神叫世人所经练的是极重的劳苦。我见日光之下所做的一切事，都是虚空，都是捕风。”（传1：13—14）它告诉我们的原因是因为神“将永生（原文作永远）安置在世人心里”（传3：11），而此永生是在基督里才能得着的。当然这并非三言两语就能说得清的。

出租车司机

一天下来，他脑子里都是命令。每个命令下达之时都必须牢记，然后必须在到点后忘记。但是很难忘全。在噩梦里，世界变成一个个词汇。外馆斜街。往东第一个路口左转。在家乐福旁边。玉蜓桥往南。望京。就是八通线那儿。A口。楼上面有个牌子不大。这些词就像用过即扔的一次性筷子，被丢在蓝色大垃圾桶里。

一名出租车司机在他的职业生涯里一定会犯一次错误，就是将本该去南边的乘客拉到北边，将本该去这个地方的乘客拉到上一个乘客指定的地方。我最近遇见的出租车司机无论老少都喜欢超车、飙车。可能就是负重前行的蚂蚁也要一点史诗感。

磁 性

比如一位女子长得漂亮，那么就有一股做演员或者模特的风气在招引她，因为这样会比一个丑人更方便。这是一种社会的磁性。有可期待的回报。同时它也配合着我们的懒惰，而且很有说服力。“用好你手中的牌。”过来人总是说。人们往往被它所吸引、左右，进而成为它哲学的一部分。

存　在

在比比妥这地方，有一个历史上不停维修的洞穴，最近的修葺是给它加盖了水泥。洞穴长约半里，通往一座古老的坟墓。墓主曾留下遗言，要后世将所发生的新事通过洞穴传递给他。最新一件丢进洞内的物品是一款触摸屏手机，这是由四十二名村民投票选定的。所有的死者都与世界失去联系，都被忘记，只有比比妥这个地方在挽留一位死者。尽管这只是单线联系，死者早已化为百无一用的泥土。创造比比妥的人说："人们带着提前预知的孤独活着。"

D

道归道，术归术

敌意录

掉了

对比

道归道，术归术

“我的脑袋跟随她移动。她走近时，我摘下墨镜，她都没看我，嘴角便失控一般飞扬。都能听见一截气体从她鼻下喷出。她按照经验，像嘲讽任何一名好色之徒那样嘲讽我。几秒钟之前，我还是一位自作多情的父亲，或者兄长，像家人那样深深地爱护着她，而现在，我变成一名好斗的流氓，跟上去。我告诉自己：她就是一个女人，所有的女人都是女人，无一例外。”

敌 意 录

《下面，我该干些什么》出版前删除部分

我们后来又起获了被告人一批笔记，特整理如下。我们可视此为上述遗书的补充。

死 亡 I

有一件事对自己来说极其重要，对别人却可有可无，这便是死亡。可能所有事情都如此，只是死亡让这种人和人之间的关系变得更决绝。葬礼总是隆重，有着烦琐的程序。但我觉得这只是一项针对自己的义务。因为我操办前人的葬礼，后人也会收拾我的遗骨。这是不可断裂的传统，就像生育。埋得深点，或者火化掉，是避免瘟疫祸及自身。

谦卑的人应该认识到这点，像垂死的大象走向遥远、寂静的象冢，在那里悄无声息地死。但是更多人会产生奢望，有一部叫《大腕》的电影讲述活人操办了一场自己的葬礼，让自己活着的眼睛看见死后得到的哀荣。在农村的老人都会去围观葬礼，倒不见得是为着兔死狐悲，而是幻想一下自己也将享受的热闹场景。他们像抚摸出嫁的轿子那样抚摸着将盛载自己远行的棺材。有一夜我梦见自己死亡，那些看得清面容的亲人、同学甚至是很多不认识的人（特别是女人）都过来扯我不能动弹的尸身，失声痛哭。但在梦的尽头，房间里只剩我和阴沉的光线，他们拉上石门，再未归来。

意大利作家迪诺·布扎蒂在一篇小说里写过，被宣布死亡的作家躲在坟茔，竖耳倾听。万一有人唤他呢。但是没有。因此他孤独地拉上棺材盖。

这就像我们关机很多天，以为将有无数条未接来电或者短信，但手机里空无一物。又或者像我们正向人热烈倾诉，抬头时发现他已睡着——死亡对你来说极其重要，甚至是唯一之事，对别人来说却只是诸多麻烦之一。他能来参加葬礼，不是说你的死亡比他的感冒重要，而是他的葬礼比他的感冒重要，他不期望自己的葬礼冷冷清清，因此克服困难赶来。

期待别人发自内心的哭泣，就像期待绑架过来的少女发出高潮的呻吟。认识到这个孤独，我们就会变得谦卑。或者说认识到我们对待别人的态度，我们也会变得通达。我参加过祖母和父亲的葬礼，作为至亲，我一度陷入如何哭的技术僵局当中。我应该哭泣，否则会被议论为不孝，但泪腺出了问题，我无法像妇女们那样让泪水召之即来挥之即去——在阿兰·德波顿的《爱情笔记》里，一个男人感受到女人的挛缩，前七下是真的，后七下是故意的。女人总是会干这些事情——而我不会表演。在重重压力之下，我想及军训时教官说的："你们只要撑大眼睛朝一个地方看，一会儿泪腺就会受不了。"我扑在尸身旁边，将头埋进臂窝，撑大眼球，几分钟后，眼睛果然湿润。我没有哭，但是眼泪出来了，为着逼真，我还在抬头前僵硬地耸动几下肩膀。

加缪小说《局外人》的第一句话是："今天，妈妈死了。也许是在昨天，我不知道。"这是坦诚的一句话。我已经忘记祖母和父亲死亡的日期，就是哪一年死的我一下也说不上来。葬礼进行得极其漫长，棺木落葬时，四野寂静，只剩铲子浇土的声音。那一刻作为人类，我们都感到悲伤。但是仅过半小时，当我们下山来到小镇，生活的阳光便将我们包围，我们各找各娘，各回各家，去了网吧、餐馆、麻将室或者澡堂。大街上放着来自东北的浪荡歌曲，一群艳俗女人扭动腰肢，将遮蔽得很好又很少的下部挺向台下"求贤若渴"的眼睛。我那可怜的爸可能还在墓地享受着他的哀荣吧。

我记得一个雨后的场面。我路过小巷，四周充满浓烈的火药味道，道路盖了一层像是地毯的鞭炮渣，一家门楣上贴着绿色对联（横批“音容宛在”），厅堂正中有位老人穿干净的长袍，坐在藤椅上。在他脑门上用酒盅盖着一张黄裱纸，就像我们怕衣服被刮走，在上边压了一块石头。风吹来时，黄裱纸飘起，露出他空洞的嘴唇和一颗尖石般的牙齿。他将被请进棺木，但是之前要进行请安的程序。那些已请过安的亲戚们就坐在他斜背后的八仙桌边，将一只脚踩在长条凳上，声势浩大地打麻将，他们就像用铲子炒花生那样用双手炒着麻将。不久起了争执，脾气暴躁的那位抓起一把麻将牌掷到桌上，有几只蹦蹦跳跳，弹到死者身上。这场面可能很极端，但无非是在量上极端一点，质上并未超出常人的态度。哭倒是显得虚伪。

我曾经想写一篇叫《活死人》的小说，一直没写，它的梗概如下：

养石人说
他养了大大小小的石头
石头的价值
只有在砸进水里时才会呈现

我和一块大石绑在一起
跳下悬崖
所有人都看见水花
他们积极抢救
但我还是死了

我的眼睛撑着
我的耳朵开着
我的孔在生长残余的毛发
我看见太平间的天花板
还属于这个世界

很多人一言不发走来
他们忍住泪水
帮我合眼。合不上
他们俯身问
你的冤屈在哪里
你快点明示给我

后来只剩一人陪我

这个人生育了我
第二天早上她因为虚脱
被抬进另一间房静养
那夜我良心受创

次日的阳光命令我永睡
但我被白雪一样的花圈和花
迷惑。我听着他们致辞
他们一边念一边咳嗽
终于有一人忍受不了
问：这里可以抽烟吗

无人回答
房间因此被烟雾包围
护士们冲过来
和这帮我生前的朋友大打出手
一位以正直闻名的兄弟
粗暴地抓住一名护士的乳房，说
你知不知道
这里死的是我最好的朋友

别说一只乳房，他们就是
发动一次世界大战
我也不会反对，我为此翻江倒海
但他们最后像丢条死狗那样
将我丢进面包车，最后又扔回
我睡了十几年的床
我躺在上边，眼睛睁着
耳朵开着，孔里长郁郁不得志的毛发

从此我没有一夜孤单
第一夜我看到一群同学
站在足够的距离外
唏嘘生命无常
他们探讨很多死去的人
觉得从来没一个死得像我这么傻
最后还让大石头砸瘸了腿
第二夜我听见
锣鼓喧天的麻将声
几个守夜人为着一张四万
打起来，一个气力大的

没有找到武器
将我抱起来砸在麻将桌上
扬长而去
第三夜美容师来修补我
偷偷割走我的肾
第四夜来了一位丑陋的女人
丑陋的女人往往有美丽纯洁的心
但她不停捉弄我的下体
她很失望
拿起一只开水瓶砸我
第五夜来了个满身泥土的人
他俯身过来时，我恐惧万分
这个仇人拿起小刀
挖走我一边眼睛
黑色的血流向耳根

从我死之后
我热爱的女人一个没来
从我死之后
他们就算计要把我葬掉

这件事耽误了很多人的工作
要抢在假期到来前办妥

我很体谅他们
他们吃力地抬着棺材
吃力地往山上爬
有一段时间停滞不前
我往往在这需要帮忙的时候
跳出棺材
加入到他们的队伍里

我和他们一起喊
他妈的，死了还这么沉干吗
他妈的，死了还这么沉干吗

死亡 Ⅱ

现实越往后，越充满丑行、疲惫和皱纹，总是让人生疑：这样的生活是否值得经历？因此远离我们的东西被神化，包括西藏、雪山、海洋和恰当其时的死亡。我们想到它们时，克制不住诗意。恰当其时的死亡（譬如张雨生、陈百强），仿佛不是生命的中止，而是重生，他们弃自己的壳而去，驾鹤仙游，轻盈上天。

他们像是搭载清晨的绿皮火车远去，将我们留在原地。我们被揭示为庸俗，仍为食物奔走。而我们或多或少也在梦里假想美丽的死亡。我们设计好绸缎般的尸布、暗而暖的台灯、窗外的大雪以及撒落的水红花瓣，让告别富于美学，想象自己将像花儿悄然闭合。一些死亡迷恋者付诸行动，将自己分成两块，一块是一尘不染的血，一块是干净得透明的躯体，或者他们让发现者相信，他们只是睡着了。

科学击溃了想象。法医说，人死后一至两小时，肛门括约肌松弛，迫使粪便排出尸体。而这仅仅是无数恶心表现中极不重要的一个。在角膜混浊、尸体自溶发生时，大量蛆虫将涌出。有的尸体在僵硬时还会发生恐怖的痉挛。

去过边疆的人说，那风吹过时像稻浪起伏、被视为死亡最佳场所的草原，底下其实满是烂根，虫子飞舞，老鼠惊慌地窜来窜去，窜不动的变成一具白得发胀的尸身。这个人是我在火车上结识的。当时我在读小仲马的《茶花女》。我说，妓女玛格丽特·戈蒂埃因为一种美丽的病（肺病）孤独地死去，但在情郎阿尔芒·迪瓦尔心里，她仍是巴黎最美的女人，身材颀长，体态婀娜，散发着逗人情欲的香味。

阿尔芒用迁葬的办法见了玛格丽特最后一面。我怀着一种告诉别人秘密的兴奋，读这一段：阿尔芒靠在一棵树上望着。仿佛他全部的生命都集中在两只眼睛里了。突然，一把鹤嘴锄触到石头，发出刺耳的声音。一听到这声音，阿尔芒像遭了电击似的往后一缩。……两个工人中的一个动手拆开尸布，他抓住一头把尸布掀开，一下子露出了玛格丽特的脸庞。那模样看着实在怕人，说起来也使人不寒而栗。一对眼睛只剩下了两个窟窿，嘴唇烂掉了，雪白的牙齿咬得紧紧的，干枯而黑乎乎的长发贴在太阳穴上，稀稀拉拉地掩盖着深深凹陷下去的青灰色的面颊。

“这不算什么。”火车上对面坐着的医学院学生说。他讲述了第一次参与解剖的事情。死者因为不能接受现实自杀，留下遗书，描绘出一幅天堂图景，美好得没有任何欺骗和猜忌。“以至于当中巴车朝她的埋葬地行驶时，我看见一棵棵现世的树向后倒退，似乎我也将穿越光芒，进入那极乐世界。”

“我看过她的遗照，很美；她的字写得也很好看。但当时我还有另一个想法，就是想看她赤裸出来的阴部。”他接着说。解剖是因为她的父母固执地认为这是一场他杀。他跟随法医来到田野，那天风是妖风，有时朝一个方向吹，有时朝另一个方向吹。远处围着许多群众。坟地早已掘开，棺盖被抬起时，他连续后退，却被法医抓住。随后人们将尸体抬出来，就像抬一具滚圆的皮球。“过来。”法医喊道。他走过去，脊背在骄阳下直冒冷汗，双腿剧烈颤抖，他想跪下来求人们停止这种行为，但一切还是发生了。死者清晰地出现在眼前。一瞬间全世界好像被恶心笼罩，苍蝇和乌鸦铺天盖地，树枝上仿佛也挂满凝滞的痰液。死者的眼皮勉强合上，一丝眼白像地下道积水泛着惨白的光，嘴巴和鼻孔张得大大的，四肢蜷曲，僵硬成一个姿势（就像盆景）。她应该尝试过好几种自杀方式，那些求死不能的痛苦刻画在她脸上。

她最后选择喝农药。这罪恶的液体使她的鼻子、下巴、手臂和大腿黑了，双唇暴胀如烧煳得快要爆炸的肥肠。她的暗黑发沉的肚皮充满气体，挺得像一个小山丘。四野寂静，许久传来噗的一声，法医用刀片切开她的肚皮（就像拉下拉链）。他幻觉自己赤足站于血污中，看着屠夫将一头整猪分成两扇。她的五脏六腑鲜红，仍然垂滴着血，而翠绿肠子滚圆（如巨蛆）。法医捏胃，将她吃过喝过的，挤进他这名实习生提着的塑料袋里。他一直咬紧牙关。直到法医又三两针缝好尸身。晚上回去时法医大口吃肉，他吐得不行。他想，她一直被钉死在这大地，作为一种恶心的物，她没有升天。

“现在我习惯了，”他说，“你要记得戴安娜死的含义不是

《风中之烛》，而是车祸，车祸会将肉身摧毁殆尽。我们没什么可期望的。”

永　生

死亡是最丑陋的事，就像保安在众目睽睽之下将一个人从舞会抬走。我们赖以信仰的钱财、声名、理想和尊严一瞬间变得毫无意义。再没有比宣告一个人死亡更让他羞耻的事了，而这恰恰是事实，因此也出现很多试图蔑视死的人。武士道及儒教都宣扬有更重要的事值得一个人忘死。一些人上刑场时神经质地大笑，喊口号，被看作视死如归。而我觉得他只是不想像狗一样被当众屠宰，因此会用故意的豪迈来维护尊严。他试图告诉众人：不是刽子手杀我，而是我不在乎死亡。

人们很可能于某天集结，走向最高的山峰，齐声呼喊："请现在杀死我吧。"就像愤怒的囚徒手挽手走向狱警。上天听不懂这可笑的示威声，但终究又会一个个收拾他们，就像它过去干过的那样。

一些人早早被镇压，生活在狭小的监牢，饱受窗外生机的折磨。即使人们将铁门拉开，他也不会走出去，他感觉自己与众人相隔万里，没资格参与人类的正常活动。另一些人则将抵抗延伸至日常生活，旷日持久地锻炼。那些懒惰的年轻人被指责。但当我们路过那些在黑夜巴在健身器械上不停数数的老人时，我们除开感觉他们是活着的奴隶，还会感觉到什么？

我们期待的永生从未出现，否则现在就能找到证据（彭祖据说活了八百八十岁，但很可能只活了一百来岁）。有权调动最广泛资源的皇帝和贫苦的百姓都做出尝试，包括派遣童男童女远航、练习秘术以及吃素。对长生不老药的追求则催生出炼金术，进而引导出化学，但永生的尝试无一例外全部失败。我们永远达不到永生，却将它视为禁脔，不许人玷污。可以说，永生是活着的麻醉品。我们认为它是连接死亡的另一个世界，是来世、轮回、完成今生之因的果、制造今生之果的因。它成为我们逃避一场一无所有的神庙。

在博尔赫斯的一篇小说（它的名字就叫《永生》）中，出现了另一种可能。一位军官朝西方的世界尽头跋涉后，寻找到能使人永生的河流。此前他得到过警告：延长生命只是延长痛苦。此后他果然也感触到那绵延无尽的痛苦：永生者的共和国经过几世纪的熏陶，已经取得完美的容忍，甚至蔑视。它知道，在无限的期限里，所有人都会遭遇各种各样的事情。由于过去或未来的善行，所有人会得到一切应有的善报；由于过去或未来的劣迹，也会得到一切应有的恶报。正如赌博一样，奇数和偶数有趋于平衡的倾向，智与愚、贤与不肖也互相抵消，互相纠正……如果从这个角度来看问题，我们的全部行为都是无可指摘的，但也是无关紧要的，没有道德和精神价值而言……我记得我从没有见过一个永生者站立过；一只鸟在他怀里筑了窝。

一切不值得经历，因为经历过无数次；一切也没必要发生，正如所罗门所言，“普天之下并无新事”。所有人都是浮尸，寄生于无法结束的时间里。所罗门说了另一句，“一切新奇事物只是忘却”。但我们总是能很快记起来。

我曾说死亡最丑陋，现在看来永生才配得上它。在博尔赫斯笔下，因为有死亡存在，人们的每一举动都可能是最后一次，一切都有无法挽回、覆水难收的意味。而对于永生者来说，没有挽歌式的、庄严隆重的东西。荷马和我在丹吉尔城分手，我认为我们没有互相道别。永生是可怕的惩罚，正如对有些人来说，死刑比无期徒刑要仁慈。

我想告诉同龄人，我们看似有限的生命被塞入了永生。我们气血旺盛，精力充沛，恨不得所有事都是冒险，却不得不一次次回到不值得回到的家里。我们一次次离开，一次次回来，那些经历的激情（猛烈的痛苦与欢乐），在无尽的重复中风化。

有一天，我正站岗哨，鸟儿从陆地飞起来，我以为我会和它们一样，有头也不回去远方的可能性。夕阳西下时，就是它们，也像老农用着最后的力气飞回天边，飞向巢。我呢，我一直像雕塑站着，被风吹雨淋，又被太阳无意义地烘干。我不知道你们懂不懂这个，这无限的孤独。所有的事情都结束了，只有时间永恒。今天如果有人说“明日复明日，明日何其多”，我会回应他，“今日复今日，今日何其多”。我们今天刷牙，明天刷牙，无论它是薄荷味还是水果味，刷的都是昨日的牙床。我们吃过饭后，明天仍将吃饭。我们骑着白马去远方，会看见从远方骑着白马过来的人。就像我们从冬天跋涉到夏天，又在夏天想回到冬天。我们在鸡肋式的生活中逐渐丧失事情的保护，只能与时间为伍。时间像盔甲齐全的军队，将我们逼得窒息。它们是永生，我们是飘萍；它们是∞，我们是1。我们注定被割得遍体鳞伤。

因此我渴望随时可能死亡的战争，这样奔跑才会显得有意义，写的情书即使只是几枚简单的感叹号也会迸发出极大的张力。如果只是军事演习，我们顿时没了激情。

自　由

在论及人的荒谬与苦难时，加缪采用了一个比喻：西西弗。众神为惩罚违逆天条的西西弗，要求他将一块巨石推上山顶，而由于巨石太重，每每未上山顶便又滚下山去。于是他就不断重复，永无止境地做这件事。

在岑朗天的《后虚无年代》里，类比出：

神话传说：吴刚伐桂，其树随砍随合；

陀思妥耶夫斯基《死屋手记》描述的流放场景：要是迫使囚犯多次重复无谓的苦工，诸如从甲桶往乙桶里倒水，再从乙桶往甲桶里倒回去，那个囚犯准会自杀；

芥川龙之介笔下的囚徒：他被命令在相隔八尺的两个台子上放上二十来斤重的铁球，不断搬来搬去（这种行为被称为“运炮弹”），对囚犯来说，再也没有比这更痛苦的刑罚了。

人们普遍恐惧于事情的重复，比如已经离开家很远，被迫返回取件东西；或者已经完成某项工作，又从头开始。这种由暴力、强制带来的重复感制造懊恼，让人深感不自由。人们掰着指头盘算刑期的结束，一切忍耐都为着解放。在意识到根本不能解放后，加缪强调，这样的命运可以通过蔑视来克服、超越。他让西西弗努力认为自己是幸福的，“这块巨石上的每一颗粒，这黑黝黝的高山上的每一颗矿砂唯有对他才形成一个世界，他爬上山顶所要进行的斗争本身使一个人心里感到充实”。他让巨石从天神的刑具变成西西弗本人的福祉。

加缪是有力的，而我早早是一名精神瘫痪者。我在想这个隐喻的先决条件，即强制。我完全可以做另外一种假设，即上帝并没有对你做任何强制，他对你置之不理，就像你是一个不值得珍惜的儿子，被排斥在他的心灵与视野之外。我觉得这才是更大的刑罚。我拥有最宽阔的自由，却极不自由。我有时羡慕在脚手架上作业的工人，他们建起一座座房子，每天在踏实劳动之后获得充分的睡眠。而我却陷入到极不争气的情绪中：又是去看电影，又是去逛街，又是去打牌，又是去吃饭，又是……如果事情反过来会好一点，如果有一个人对我咆哮：必须去看电影，必须去逛街，必须去打牌，必须去吃饭。那么我至少会在暴力胁迫下感到一种充实（即使那充实由委屈带来）。我便能够逃脱那瘫痪的心境。卡夫卡《变形记》第一句话是："一天早上，当格里高尔·萨姆沙从烦躁不安的睡梦中醒来，发现自己变成了一只巨大的甲虫。"而我是这么想的：一天早上，当我从烦躁不安的睡梦中醒来，发现自己变成了一只瘫痪的肉团。瘫痪是我的隐喻，是我让自己瘫痪的，上帝给我的是自由。我每天胡思乱想，盼望发生第三次世界大战，或者来一场足以将地皮翻过来的地震，好将我胁迫进去。我不想一个人走路，我想有条狼狗追着我，从头到尾。

我每天推着的是无依的空气，不是坚实的石头。

婶子曾构成我极大的不自由，但当她将房子留给我，自己抽身而去时，我预计的被释放的快感并没有到来。就像一名武士，时刻受外在的仇恨左右，但当他发现杀父仇人早已死亡时，会感到支撑一生的信念都飘散了。他再也不可能找回自己，他将像松掉的弹簧，行尸走肉。即使上天给他一个好的结局，让他通过艰难的搏杀手刃敌人，他得到的也是如此。他的使命一旦结束，生命也将结束。也许他会在内心渴望，最好是自己能死在对方手中。

在电影《肖申克的救赎》中，年老的囚犯老布在出狱后自杀。在外边的世界，他除开拥有自由，空无一物。最终逃亡的安迪走向的也是浩大的世界，那里没有栅栏、铁丝网和来回巡视的探照灯，那预示着极大的甚至是让人热泪盈眶的自由。但你们想过没有，值得讲述的还是安迪如何用数十年工夫越狱，而不是他越狱后的生活。那可以想象的自由生活，将被对肖申克监狱的记忆占据。在监狱，安迪每一天过得都无比充实，而在狱外，他可能瘫痪。

爱情 I

……

爱情 II

……

疾病 Ⅰ

生病是自怜者善用的外交，它以衰弱换取他人的爱。万老师平时潇洒健谈，活力十足，这次也病了，我们透过玻璃看见他形容枯槁，挺着异常庞大的眼睛等待来客。他需要别人源源不断说外边的信息。

我实在受不了福尔马林的味道（它使我想到乌鸦从世界各地飞来），走了。我厌烦他正如厌烦一个满身脓疮的流浪汉。那些坚持进去探视的人也很快走出来，他们一定找到了合适的理由。他们宽慰着万老师，心下却读秒。他们数到五分钟就可以走了，就像性爱的谦卑者，数到三百下就可以射精了。在捐款仪式上，我狠捐一笔，而在万老师床边亦有大量对治疗这种病没有帮助的营养品。这是人们在用付费方式减少内疚。无人愿与他同吃同住。万老师家属写出一封巨大的感谢信贴在学校，我看见自己捐的钱高居同学榜首，觉得出了该死的风头。多数人互相串通，捐出五十元，有一位显得过分，捐了八十八元八角八分。

疾病 Ⅱ

……

信　念

什么是真相？对贝多芬来说，他要扼住命运的咽喉。对一只虫子来说，亦如此。但是我在路过时踩死它，它就会得到另一个真相。

有一天我恍惚地站在街头（第一个条件），觉得自己如果有一把刀的话（这第二个条件不难实现），这些路人所信奉的信条都将崩塌。从商店走出来的年轻人，一边摇树一边打电话，看他轻松下来的表情，就会知道他成功消除了情人的疑虑，正拿捏着妻子的弱点反击她的愤怒。他死掉，这两个女人或许将打一场官司。从麦当劳走出来的小孩子吃着冰激凌，她走了两步，便拖着穿长白袜的腿蹦跳起来，就像刚刚看到太阳的小马驹。她死时，她的爸爸会不会从遥远的地方走来，就像醉汉跌跌撞撞？会不会昏厥？会不会将钢琴焚烧掉？这个孩子很可能成为一个音乐家，但现在她在我的臆想中什么也不是地死掉了。

一九六〇年一月四日，宣扬荒谬概念的阿尔贝·加缪死于车祸，此时他已完成《局外人》、《西西弗的神话》和《鼠疫》，获得过诺贝尔文学奖。一部宏著《第一个人》尚未写完，但并不影响他在文学史上的地位。假如这场车祸推前二十年，加缪作为死者，便还只是阿尔及利亚一位不值一提的文学青年。悼念他犹如悼念襁褓中的婴儿，受伤的仅只有少量亲友。

司汤达的《红与黑》刻画了一位野心勃勃的青年于连（于连·索黑尔），巴尔扎克在《大统领夫人》里也刻画了一位野心勃勃的青年，也叫于连（于连·德·博瓦–布尔东）。索黑尔依靠女人路线得到上流社会垂青，布尔东也守候在首都教堂，期待以相貌、才气、品性以及让人怜爱的气质博取青睐。有一天大统领夫人恰好发现他，与他眉目传情。她有足够的魅力，以至于不说一句话便将布尔东领至自家门口。

事实是大统领不允许夫人在去教堂时与任何人说话。在出门前，因为梦呓情夫的名字，夫人的奸情被识破，大统领布下刀斧手，准备将自投罗网的未知情夫宰杀。而夫人为情人计，急需找到替罪羊。这样，耗费整个人生往上爬的外省青年布尔东便走进死亡圈套。可能等不加分辨的刀斧劈下时，他想着的还是辉煌大门的开启。

与这个荒谬堪有一比的是电影《与敌共眠》，一位大学教师仅仅因为教的也是戏剧，差点被杀死。杀人犯本想杀的是另一位戏剧教师（因为给凶手戴了绿帽子）。还有雨果的《克罗德·格》，因为“格”（gueux）有乞丐、流浪汉的意思，陪审团对他做出最不利的判决。

现在我站在街道上，假如我有一把刀，这些路人便会认识到真实的事情是意外、偶然，那些必然——由自己控制的信念与生活——只是真理之外的剩饭。他们恰好于此刻来到死亡深渊，可能是因为早上多吃了一点，所以步履缓慢；可能是因为说好等的人临时接听电话，所以未能及时赶来；也可能是因为病好得太快，所以提前出院。有很多种可能，送死倒是最不可能的。“他本可以逃生的。”亲友们不停念叨着，将死归结为偶然。但对一个杀手来说，没有什么是可以逃生又是不可以逃生的，他就像捕鱼者，想杀死哪条鱼就杀死哪条鱼。他可以随意决定。这是他至高无上的权力。

对万能的死神来说，更没有谁的死是偶然。不存在任何一个逃生者。这便是真相。但是我仍然垂泪于这些人。这些人啊，这些追逐琼楼玉阁、贵妇乳头、辉煌权柄以及千秋功名的人，他们眼神坚定，步伐嚣张，鼻孔粗鲁的气息喷薄而出，每寸肌肤都掩饰不住自我的欲望，他们一度是我活着的楷模。他们至今仍以热情使我自惭形秽。但我仍想告诉他们，你们活在谎言中。你们建立的人生意义、生存理由、社会基础、道德传统、家庭秩序、工作尊严以及祖国情结都是谎言，谎言可以像石头一样存在，就算你死了谎言还在。

冲 动

波德莱尔在《恶劣的玻璃匠》一文中写道：有些人会在一种神秘力量的促使下，做出某种异乎寻常的行为，其迅速的程度连他们自己也觉得是不可能的。一个人拉开窗户看见街道上可怜的玻璃匠后，叫他背上易碎的货物沿狭窄的楼梯上到七楼来，然后又以没有天堂里的彩色玻璃为由将其轰下去。当玻璃匠在门口出现时，他把小花盆丢下去，正好落在他身后货物的边缘上。“啪！”撞击使所有玻璃摔得粉碎。剧烈的声响，好像一个水晶宫被惊雷炸毁了。

我时常想砸掉一枚纯洁的瓷器，仅仅为着它构建于脆弱与无防备之上的辉煌。孔洁大约是一名瓷器式的女子，制造这样一个高尚、无邪、优秀同时美若天仙的女子，耗费了一个父亲的生命和一个母亲毕生的做工收入。而她就这样像玻璃行走在危险的硬物世界。我每次看到她时都揪心不已，就像我们通过太过明澈的天空看见昏天黑地。

每当她背琴走进学校时，大家都会围在楼梯栏杆那里观看。她有多纯洁，大家的眼神便有多淫邪，这样的目光迫使她早早成为一名寄生于世的死者。总有一天（几乎不可避免），有人会忍受不住圣洁的诱惑，将丑陋的阳具插进她的身体，然后杀人灭口。每当想到这里，我便会下意识地摇水泥栏杆。有一天，栏杆抽搐一样晃动。

在想象中，栏杆像灭火器倒下去，正好砸在孔洁头上。她什么也没来得及说，扑倒在水泥地上。鲜血像岩浆，从击碎的脑壳中涌出，没有阻拦地流向四面八方。与之相反的是，各路蝇王召集部下，心急火燎朝这里赶。在众目睽睽之下，肇事者“噔噔噔”下楼，用脚小心把尸体踢翻过来。这样大家看见她伸长的舌头、睁一只闭一只的眼睛以及像被烧过的蜷曲四肢。凶手厌恶地吐痰，说“真恶心”，跑了，像一头驹子。

每当想到这里，我的身躯就像被钳住，呼吸不出来。

衰　老

没有人去刺杀一个垃圾，没有人去对一个奄奄一息的长满癞疮的东西施暴。虽然邻居何老头曾像疯子一样在我脸上来回抽打，但我还是觉得他不值一杀。

在因为养狗一事得罪他后，有段时间我害怕回到家属院。有次我悄悄走上二楼走廊，听到杂物筐里传出一声大哭（那分明是听到了脚步声，试图唤起同情）。我走过去，看见这夯货缩在里边，莫名其妙抽自己的脸。他虚弱起来比揍人时还可怕，他咕哝半天，说什么快倒台了才想到和他结盟，害得他成为建国以来最大的牺牲品，位置没了，收入没了，老婆没了，儿子没了，只剩一口小酒。

我觉得他就是死掉三个月，也没人意识到他死掉了。很少有人来院里和他打招呼，也没见他好好穿戴去访亲探友。这样没意思，杀了一个人，几个月后人们才知道他被杀了，而且知道了也就那么回事。

衰老使人一文不值。

在失足摔倒后，健壮的祖母就瘫痪了。就像一所房屋被一棵吹来的枯草击倒。我不停地按摩、敲打，尝试让她的双腿着力，但它们像被沼泽地咬住，逐渐而永远地失去血色。我和祖母站在孤独的高岗上，看着死神驱赶的马队无声地杀来。祖母先是双腿失陷，接着腹部告破，最后胸口按下去的手印再也没弹回来。在死神来到前，她掉下一颗泪珠，说："人就是这个样子啊。"

祖母拉了屎也不知道。我一直在考验自己的耐心，但最后发现，妈妈提的找护工的建议是好的。她用卫生纸怎么也擦不干净那萎缩臀部下边的稀屎。最后我想起来，去超市买尿不湿，让妈妈替她包着那里，这样我们便稍许能轻松些。在《变形记》里，充满爱心的妹妹在格里高尔变成甲虫后，也逐渐意识到自己爱心的有限。

祖母最后抓起自己的屎吃。她在死前很多时间里都已经忘记我们是谁，就是她自己是谁也不知道。她抢在我们拦截之前将屎糊在嘴上，着急地说："他饿啊，他饿。"

在一部电影里，被探视的退休将军坐在轮椅上，穿着干净整洁的军服，胡子刮了，花白的头发梳得整整齐齐，显示出不容褫夺的骄傲。但在探视者走后，护士便在他的裤裆里发现一泡不知不觉拉下的屎。

下　面

有谁来邀请我出门？有谁呼唤我的名姓？有谁打我的手机？有谁写信？四十八小时过去，九十六小时过去，一周过去。将这一周切去，什么也不会损失。我不过是农民买的潜水艇，只配在荒野里生锈。

我时常像赌徒一样出门，期盼这个城市有火灾、车祸或者别的什么热闹，但这些事即使发生，也像餐桌上的油污，很快被抹干净。后来我几乎是不可逃脱地买了彩票。我路过它无数次终于随手买上一张并养成习惯。有天足彩店关门，原因是教皇过世，意甲停赛，我错愕了一下。我想到另一个买彩票的人，也许他以为政府终归会取缔博彩，因此自杀。他并不期待中到五百万（好将二百五十万分给爹娘，另二百五十万分给兄妹），他只是想每周在这里交纳两元，好得到活下去的资格。

我试图带领老人穿越马路，被拐杖粗鲁轰走；也曾想将孩子丢进水里，然后拼命游泳去救他。有时我打台球，开始时还有学技术的兴趣，后来只剩下恶心。打进那个球还是不打进，对我来说已不重要。我像是被绑架来，不得不提着杆子。后来我去嫖娼。她们比我更寂寞，摊开身躯看破旧的《知音》（那些消遣读物），像机器盲目哼唧，地上到处是卫生纸和避孕套。她们不爱洗澡，一天一位爬到我身上时，下部掉落一丝泥条。

在家里我更无所事事。

塞缪尔·约翰生在《幸福谷》中写阿比西尼亚的拉塞拉斯王子，后者在桃花源自语："在吃喝睡的间隔时间，最是沉闷无聊。真渴望尽快地饥饿困乏，快些度过那些枯燥乏味的时光。"缩在被窝里的我，也是这样。我能细致体会最后一根方便面从舌头、咽喉游到胃的过程，最终它通过肠道跑出肛门。我坐在马桶上想，我仅仅只是一个连接康师傅和化粪工人的容器。

这时，我接受的是西西弗没有石头、战士还乡的命运。在马丁·斯科塞斯执导的电影《出租车司机》中，退伍军人患有严重失眠症，夜夜开出租车出入灯红酒绿处，却从无依托。他不想给妈妈寄明信片，也不想继续对竞选女秘书的暗恋，他在身上挂满子弹，不停练习枪法。在行刺总统候选人未遂后，他冲入妓院，枪杀一群黑社会成员，救出一名雏妓。因为这事他成为报纸称颂的英雄。但我们清楚，在杀人后，他坐在血泊中的沙发上，丢下枪，用手指头抵住自己的太阳穴，轻轻隆起嘴唇，模仿枪杀时发出的声音（噗）——这时他是享受杀人本身的。也许他找到了回到越南的密实感觉。

如果他杀死的是总统候选人，他就会成为恶（罪犯）。他差点杀死他了。因此他并无善恶，他需要的只是将子弹射出去。就像打着行侠仗义旗号的堂吉诃德，本质上亦无善无恶。

有一天，我的房间来了一位县城同学，我兴奋地给他讲笑话。我讲过一句便问：你听过没有？对方说没有，我便自信地往下讲，但是在包袱抖出前，他说他听过，并告诉我答案。我很尴尬。关于这个笑话，我已对别人讲过几十次，有的人甚至讲过三次。

我摊开手想：到底是什么让我将一个笑话讲了三年！

就像一个躺在床上的人，是什么让他将一本薄薄的书看了上百遍。我决定忘记这些无聊的事，忘记打台球、上网以及手淫，并屡次立誓戒绝它们。但又总是带着恶心陷进去。我明明对它们很恶心，还是去找它们。就像这是活着的唯一选择。也因此，我愈发自嫌。

安东尼·伯吉斯在小说《发条橙》里这样开头：下面，我该干些什么呢？这是无聊青年阿历克斯的自问。是啊，我该干些什么呢？

掉　　了

一名年轻人被压在卡车轮胎下
他的叔叔一时心慌气短
失去控制，逢人便说：
掉了，掉了

掉了，在我们家乡的意思是：
一件东西（比如自行车）
永远，不可逆地毁掉了

对　比

贝纳尔多·贝托鲁奇《末代皇帝》

陈冲饰演的婉容在前头是风华绝代，有洁白的牙齿和富于线条感的脸庞；在后来吸食鸦片吸成骷髅状，见人就露出黑牙，照着人脸吐痰。

E

恶人

二百九十二万

儿子

恶　人

恶人享尽一切，包括迎接末日。善人所迎接的只是死亡：充满异味的床铺，仿佛倒计时的呼吸，月光穿漏，一两个亲戚踏雪而来，在门口抖一抖蓑衣，抽袋烟再进门。也可能永远不来。恶人可以坐在即将失守的城堡里，在氰化钾和手枪间抉择。城外穿盔甲的雄兵蜂拥而至，光是整齐的喊声就足以使树木化为齑粉。太阳最后一次为一个人升起，也最后一次为一个人落下，地球即将毁灭，所有人来杀死一个人。

二百九十二万

某期《走遍中国》节目，讲四川宜宾屏山文华镇有一座依山雕出的佛像，当地人不知是什么时候修建的。节目组找到四川社科院的学者，后者依据佛头、脖颈的特征，断定不是唐朝或宋朝修建的，只能是明朝。而后，学者大胆推测，文华镇居民的祖先，一定是在佛像建成后才迁移至此地的。节目组探访当地居民，获悉他们的祖先果然是填川来的，或湖南或江西或广西，都是被捆绑来的，现在不少后代的手臂上还有一根红线，当地人说是遗传，当初捆绑的痕印遗传至今。又推及填川，是因张献忠，张献忠将三百万四川人屠杀得只剩下八万。节目开始是大佛，永恒的慈悲与沉默，最后是漂浮着二百九十二万具喑哑尸体的血海，就像漂浮着焦黑的木炭。本来是一个旅游节目，弄得像一篇博尔赫斯的小说。

儿　子

根据《换子疑云》与“狸猫换太子”的传说改写

每个镇上都会有一个像阿珍这样的女人。既无屁股也无乳房，又黄又瘦，在众人面前总是驼背、红脸，将两手撇于腿后，一步快过一步地走，脑袋还摇来晃去，像在说不，不要喊我，不要找我。她有工资，不够糊口；有房子，产权属于工厂；也有丈夫，待在遗像里。说到底，只有一个孩子。这孩子皮肤嫩，五官正，眼如黑色围棋子，爱笑，像其他孩子一样刚学会捣鸟窝。他证明上帝并不总是悭吝，我们可将他视为阿珍唯一的财产。

今天的故事从阿珍失去孩子开始。

是个周五下午，天空静默，一辆轿车驶进厂区，阿珍右眼皮猛跳。果然，下班时厂长小跑着来打招呼：副县长到车间视察。假模假样地加完班，阿珍想，得回去了，不然孩子饿坏了。副县长却说要和一线劳动者喝一杯。阿珍被迫跟到食堂，她本可以和其他人一样吃饱就走，却因错坐进一张桌子被耽搁住。这桌子后来坐下副县长、厂党委书记、厂长、副厂长，她欲要退席，被副县长留下。副县长率先起立，给桌上工人敬酒，而后他们又跟副县长敬酒。酒杯每碰一次，阿珍心里就数一次，以为差不多了，忽听到哐当一声——厨房师傅又搬来两箱。她知道祸到了，儿子饿慌了，出来找她，在公路摇摇晃晃地走，给轧死了。

天黑完，她才像自行车运动员，屁股不沾座位，焦躁地往家里骑行。

到家后，在小厅没发现儿子，她笑着去卧室，拉开衣柜，又钻床底下。就是在黑暗中她还在笑，她用手捞，空空的。又捞一次，还是空的，她哭起来。

她去敲邻居的门，问："何姨有看见小明吗？"

"一个小时前还看见，门槛上坐着。"

"现在找不到。"

"你别急。小孩子总是这样，玩尽兴才会回来。"

派出所周警长也如此说。他接过阿珍的烟，刚抽一口便掐灭，说："准会自己回来。"他语气自负、冷漠，边说边拿小手指擦刮情妇的屁股。警察和医生一样，见多生死，对你来说洪水滔天的事对他来说只是数据之一，何况他依靠经验判断这样的事不值一提。阿珍僵立着，听到叫她走，才想起说："我儿子一向乖，从不乱跑。"

"我说你有完没完？多少人跑来说孩子不见了第二天又说他回家了。你知道我们一天得处理多少事情吗？警力本来就不够，你不是无理取闹吗？"

阿珍吓得发抖，不知走好还是不走好，直到他将她轰出去。出门时，她望着派出所六层大楼就像纪念碑插进云层，而周围的房屋不过是低矮的棺材。她不禁脚软，想快快逃离，可这时从大楼四层伸出周警长的脑袋来。他指着她喊："那个穿的确良的妇女站住。"阿珍乖乖站住，听到他口气软下来："人口失踪都是要过二十四小时再来报警的。我是依照法律办事，法律怎么说我怎么办，希望你能理解。"

次日小明未归。晚上一到，阿珍来到派出所附近，蹲在树后不停看表。到十一点才深呼吸着走进派出所值班室。周警长说："你做什么？"

"我来报案，昨天来过，我孩子丢了二十四小时了，"她说，"辛苦周警长了。"

周警长头也不抬。

阿珍沿着电线杆贴了寻人启事，又骑自行车寻访多地，终于病倒。那病就像一个铲子，对着阿珍干瘦的身躯猛挖，挖到后来没得挖了，阿珍就拉着何姨的手说："小明死了，我也就死了。"

"谁说小明死了？"

"估计是死了。"

"你真是说胡话。"

阿珍说得凄楚，几天后却爬起来上班。有一天阿珍在食堂吃饭，旁边恰好坐着一位大姐，大姐问："阿珍还难过吗？"大概是大姐年高德劭，阿珍便将心里话说了："人总是要死的，不是七十岁死就是三十岁死，不是十几岁死就是五六岁死，总要死的，逃不过。小明与其以后受苦受难，倒还不如现在死了算了。"

"你没事吧？"

"能有什么事，我总是要活的，我爹死了你说我活了没有，我娘死了你说我活了没有，小明他爸死了你说我活了没有，我有什么活不下去的？"

三个月后，阿珍和常人无异，饭量甚至比以前大，有时听人说笑也跟着掩嘴。就在这时光，保卫干部大喜过望地冲进车间，大喊，太好了，阿珍，太好了，小明找到了。

阿珍瘫软在地。人们七手八脚扯起来时，她的鼻涕眼泪已涂满一脸。人们正要安慰，那丑脸出现痉挛性的笑容，像涟漪一层层往外播。“太好了。”她不停说。请了假的她风驰电掣回家，数出十几枚鸡蛋，又找何姨讨十几枚，装满一篮，要往派出所赶，忽然眩晕，扶着墙喘气。何姨问：“怎么还没走？”

“我想走，走不动。”

“走不动也得走。”

“可就是走不动。”

阿珍又笑起来，何姨叫来三轮车，一起去派出所。车子跑欢了，阿珍又忧心不止，擦起眼泪，说：“不知道饿多瘦了，不知道还认不认这个娘了。”到派出所时，惶恐又增加了一层，因为它肃穆寂静，不像是有喜事。何姨说：“你以为是他们的孩子找回来了啊。”

她们规规矩矩地走进值班室。办公桌后坐着五人，有周警长、联防队老吴、医院刘大夫、小学李老师和小明的班长。他们嘴唇紧扣。阿珍将鸡蛋放到桌子上，周警长脸撇向一边，掸着手说：“有什么吃头？”

他问姓名、性别、住址，接着问，“你儿子叫什么？”

“王小明。”

“王小明是不是丢了？”

“是。”

“好，我们帮你找回来了，过来签字画押。”

阿珍走过去，将名字签到人家指点的地方，拿食指摁印泥，摁在名字上。然后她望四周，究竟没看到儿子。这时周警长大手一挥，说：“老吴，你去将他提出来，交付这位母亲。”老吴起立，拿走大串叮当作响的钥匙，往外走。阿珍止不住要跟着，周警长说：“其他人等不要跟随。”阿珍便转过身捉住何姨胳膊。她站也不是不站也不是，在众人目光前瑟瑟发抖，最后她看到小明的班长成熟地对她点头，露出有节制的笑容，她也挤大笑容回敬。然后她看见老吴慌张跑回来，手指滴着血。他声势浩大地说：“戳他娘，还咬人，咬破老子手指了，我得打防疫针去。”

周警长说：“老吴你真没用。就不知道用盒子端过来吗？”他起身，将老吴的钥匙扯过来，背着手走了。阿珍目送他消失于转道，禁不住担心起孩子来。他踢几脚，小明的骨头不是断完了？

不一会儿，她眼前发黑，几乎昏倒。周警长大摇大摆走来，将提着的纸盒子丢到地上，阿珍清楚听见里边凄惨的叫声。自作孽不可活啊，她猛然流泪。“开吧。”周警长拍拍手。阿珍颤抖起来，不敢动。“开吧。”周警长又说。阿珍回头看何姨，何姨用眼睛鼓励她，她就拆开盒子。一条狗，一条蹲着的小狗，摇着尾巴的白色小狗。它看着她。狗头中间有团黑毛，弧形，像多出来的一只眼。

“不是小明。”阿珍说。心境有如从天堂到地狱。可她不知道灾祸还在后头呢。周警长说：“你说不是就不是？”他扯着她的衣袖将她领到办公桌前，“问问他们。”

“我摸过他下身和骨骼，是六到七岁的儿童。”刘大夫扶着眼镜说。

“小明身上没长毛。”

“你出现过激反应。毫无疑问，你受的刺激太大，出现幻觉。”

“李老师你说。”周警长说。

“我以人格担保，是我们班王小明。”

此时，小明的班长小跑过来抚摸它，说：“小明，是我啊，班长。你说说话。”那刘大夫补充道：“他在外受惊过度以致失语也是有可能的。”

“可它在叫，是狗的叫声。”阿珍说。

“还不是跟野狗混。你没听过狼孩的故事吗？”周警长扯起一张证明书，对何姨说：“你想必是邻居吧，说句公道话。”

“是王小明。”何姨点头，在大夫、老师、班长后面签上自己的名字，又遵照指示稳重地按上指纹。然后周警长洪亮地宣布："阿珍听好，王小明已被警方找到，现在你将他领回去，好生管养。出任何问题，拿你是问。"

阿珍抱着小狗，像贞女抱着阳具，因为厌恶而颤抖。回到家，她往地上一丢。它比猫还轻盈，像羽毛落在地上，翻一个滚，站起来。"看什么看？"阿珍跺着脚。它头颅往后缩，身躯却没退。她又跺脚，它反而摇起尾巴。阿珍踢去，鞋尖撩起它，它重重摔下来。

阿珍将它赶到床底下，"不要出来。"

可阿珍一人发呆时，它又爬出来，咬她的裤腿子，来回扯。阿珍惊醒过来，因为愤怒爆发出巨大的力量，几乎踩死它。事到临头，她想到：出任何问题，拿你是问。此后她和它关系平静而冷漠，家中像是来了远方亲戚，赶不走，但要让它明白：你是寄人篱下的。

有一日，小狗生病，耷着头，打哈欠。阿珍要带它上班，它总是溜下来。阿珍想它懒到已不愿叫唤了，便给它倒满一碗水，盛满一碗米饭，留在家里。傍晚下班，阿珍发现米饭和水还在，小狗躲进床底。用手电筒照，它瑟瑟发抖缩在烂棉絮里。阿珍慈心大发，抱起它，摇，哄，就像当年抱小明。小狗黯淡地叫唤起来，又是那么努力，像重病患者看见探望的亲人来到，努力扶着铁栏杆坐起。

阿珍看着那满是眼屎的眼睛，说："小明啊，小明，以前别人把你当成小明我不同意，现在就是别人说你不是小明我也不同意。小明啊，你就要死了吗？妈妈我已经看多了死，妈妈有一天也会死的，小明你不要害怕死，你死的时候妈妈一直陪着你。"

她大哭一晚。最后痴怔，对着它喊："阿珍啊，阿珍，你不要死啊，你死了小明怎么办？"

我们今天说的是上帝不要的女人，但她总有办法让自己活下来。很多这样的人，活得悲苦、坚忍、长久，像一头牲畜。她不但自己活下来，还把狗也拉扯活了。于是人间的生活又永恒起来，无欲无求，平平安安。

一个晚上，周警长出来巡逻，和老吴讲："阿珍这样的人，和母猪一样。我在乡下见过杀猪。肉猪看到刀光就会嚎叫，有一次，叫声惊动母猪。那生育无数的母猪竟然翻爬出猪圈，心急如焚地跑来，见人就拱，追着屠夫跑。我也跑了，我都忘记我有枪。后来出来一个农妇，一手拿竹竿轻轻打它，一手撒饲料咯咯地叫唤，把它赶回猪圈，又加了些猪食，它就欢快地吃起来，根本不知道还有个儿子。阿珍就跟母猪一样啊。"

两人看到一道黑影，蹑手蹑脚跟过去，猛然抓起，捂住它的嘴。此后他们带它回到镇上，将它的脖子按在人力车架上。周警长用手电筒照，它的额头有团黑毛，像是长出的第三只眼。

“老吴，去找个锤子来。”

周警长拿手电筒擦小狗没长大的阳具，便有一泡紧张的尿射出来，周警长笑了。不久，他迎着那哀楚、可怜、乞求、绝望的目光一锤敲下去。天灵盖碎掉，头垂下来，从嘴里飘出死亡的轻叹。狗肉炖好后，周警长饮一口白酒，说：“就是比老狗好吃，补死了。”接着他陷入沉思。他沉思时大家都会停下筷子，耐心等待他拍案而起。这次他宣布的发现是：“肠鸣。我想到的就是这个声音。小狗死前咕哝的声音就像我们的肠子在弯弯曲曲地响动。”

附：

这篇小说的第一个版本：《失子》

阿珍回到家，发现儿子果然不见了。邻居何姨说最后一次见到他是在傍晚六点半，那时候阿珍正待在厂招待所的酒席上，魂不守舍地坐着。按理说阿珍这样的普通女工是没资格入席的，她也很知趣地骑车往家里走，但车间主任还是将她捞回去。车间主任说：“你这人怎么回事？”阿珍便像条狗，被他捞回去了。

阿珍跟着走进招待所时，酒席都坐满了，只有林副县长那桌还空了一个位置，车间主任将她按在那里。阿珍刚坐下，便跟着大家起立，因为这林副县长要敬所有劳动者一杯，这就是阿珍被喊来的原因——林副县长是新挂职的副县长，来化工厂是人生的第一次视察。只是吃了几口菜，他便知晓工人是些什么面目，好像是一根根木雕立在眼前，便低下头只顾和厂党委书记、厂长等几个欢喜的面孔热闹。那些工人倒也自在，吃饱了拍屁股走人，苦的是阿珍，她要是坐在别席也就跟着走了，她坐的偏偏是领导席，因此她像翅膀被钉死的巨鸟，只在内心委屈地扑腾着。

往常这时，阿珍都已经回到家和儿子待在一起了，她先抱抱他，然后他像个跟屁虫一样抱着她的腿，她走到哪他就跟到哪。现在阿珍全身空空荡荡，好像一个烟鬼到了抽烟时间手上却空空如也，连根火柴也找不着。她失魂落魄地看着酒席上热情豪迈的牙齿，止不住地给自己下咒：他一定丢了，一定是丢了的。可是等到厂长问“你有事情吗”，她又窘迫极了，不住摇头，手还不由自主地放在筷子上，其实她也不吃。

她在计算时间，没有手表，因此就用酒来计算。一箱酒是二十四瓶，一瓶是三杯，一共是七十二杯，每少一杯就意味着距离散场的时间近一步。她看到桌上只剩下一瓶时，心下愉悦起来，好像就要刑满释放了，可是厨房师傅前前后后又搬过来两箱，那箱子落在地面时，哐当作响，直把阿珍的眼泪砸出来。阿珍想，这么长的时间，儿子要是被拐，都被拐走好几十里地了。这时厂长看见眼泪了，问："你到底怎么了？"阿珍只是摇头，厂长便讨厌地挥手，说："走吧走吧。"阿珍这才像是遇赦，仓促鞠躬，快步走了。

一出门，阿珍就陷入一股激情当中，她推起载重自行车往前小跑，左脚踩上左脚踏，然后右脚敏捷地提起，从横杠越过，落在右脚踏上。她屁股不沾座位，像自行车运动员一样滑稽地奔行在回家的路上，可是一到家，她却反而镇静了。她轻轻下车，轻轻立起车撑子，轻轻锁好车锁链，轻轻走过去打开鸡笼，将鸡们咯咯咯唤进去，又轻轻夹起一块生煤球放在何姨灶间还没熄完的煤球上，然后，她才捞起竹帘走进自己的家。按照常理，这个时候她的儿子应该扑在小凳子上睡着了，但现在那里黑魆魆的。她想了下，笑着走向卧室，拉开衣柜，接着又趴到地上，将头伸进床底下瞅。就是在这黑暗中她还在笑，但是在那里她除开摸到一手灰尘外，什么也没摸着。

她跌跌撞撞跑出屋外，又跑到路上，她看到四下布满了野草、电线、梧桐树等黑色的静物，就是没有一个人，甚至没有一个动物。接着她走回来，看清隔壁李师傅的门是锁着的，其实她一回来就看见了。这个时候另一家的何姨正好出门，她便问："何姨你看见小明了吗？"

何姨脑袋向后一缩，说："怎么了？我六点半还见过的啊。"

"在哪里见过的？"

"在门口见过的，在那里甩泥巴。"

"后来去哪里了？"

"后来就不知道了，我烧开了水就进屋了。"

"有没有人来过？"

"应该没有。"

何姨说着说着，有意无意把自家的门推得大开，意思是她可没藏着，接着她又摸了下阿珍的头，说："阿珍你别着急，小孩子爱玩，等下就回来了。"这一摸就把阿珍心里所有的哭泣摸出来了，阿珍朝天喊道："你要得你要得，你回来了我说打断你腿就打断你腿。"

如是哭了一会儿，阿珍忽而清醒过来，骑上自行车就跑，骑到柏油路时她想，她是从工厂骑回来的，分明没撞见小明，那么小明一定是往下游走了。他是不是着急了要去找她，又不认得方向，结果越走越错，越错越惶恐？她这样又像添了鸡血，发狠往柏油路下游骑，骑了半小时她觉得儿子不可能走这么远，又看见一棵树下坐着三个阴影。她想就是了就是了，就是这挨千刀的一玩玩到现在！她叫骂着冲过去，像一位女将军骑着马舞着砍刀冲入毫无准备的敌营，那三人哪里见过这样的阵势，四散而逃。他们坐着时像六七岁的孩子，跑起来就有区别了，都是十几岁的。

阿珍看得明白，不禁眼前一黑，连人带车扑倒在树下。

后来，阿珍忍着手掌和肘部的生疼，骑上车又往家猛赶，这时她想她不是大人，小明才是大人，小明像大人一样吊儿郎当地站在家门口，嘲讽地看着狼狈不堪的她。她想要是有两个她就好了，就可以一个留在家里等，一个出来找，可是现在分明只有一个她，一个她像愚蠢的猎人一样，被兔子来来回回地耍了。

这次到家时，阿珍放倒自行车，急匆匆捞起竹帘，大喊“小明、小明”，可是没人应，她想孩子是知错了被吓着了不敢应声了，又到屋里翻了一遍，想想灯还没开呢，又开灯翻了一遍。她翻够了，看遍了，忽觉天上掉下一块硕大无朋的黑秤砣，掉了很久，最后砰的一声砸在她的心上。阿珍瘫了下来，手扶着地趴在门前，痴呆地朝黑夜里望，把肥胖的何姨给望了出来。

“怎么，还没找到？”

“何姨，我家小明是不是丢了？”

“没事的，小明一定是找个地方睡着了。”

“何姨，你说他是不是丢了？”

“没事的，听我的，阿珍，没事的。”

“何姨，你说我家小明他是不是丢了？”

何姨再没回答，坐在地上盘好腿，让阿珍的头和肩膀枕着，阿珍又撒娇似的发了几句呓语。这时隔壁李师傅走了过来，他拿牙签剔着牙齿，剔出东西了，往外“噗”一口，问：“出什么事情了？”

“孩子不见了。”何姨努努嘴。

“不见了？多大一件事。”

“你没见人家急成这个样子？还好意思说风凉话。”

“有没有去找啊？”

“怎么没去找？找不着啊。”

“找不着那去找派出所啊，派出所是管这个事的，待在这里哼气有个屁用。”李师傅把牙签掷了，趿着拖板踢踢踏踏回去了。这边阿珍迷迷糊糊地问：“李师傅说什么了？”

“说去找派出所。”

阿珍像是被点亮了，一振作就起来了，掸掸裤腿，健步走到外边，打开水龙头接了水浇脸，又到屋内取了手电筒，骑上自行车就走了。一路上她想，是啊，派出所就是管这个事情的，她去了就不是她焦急而是他们焦急了，他们说你别急你先喝杯水，等你喝完了水，脸上一有委屈，他们就赶紧拿温暖而苍老的手过来握住你，说同志你是丢了孩子吧，你别难过，你先在这电炉边上烤烤火，我们帮你去找，找不到我们就不回来了。然后他们整整笔挺的制服，拿起警帽盖在白发苍苍的头上，声音洪亮地就走出去。他们声音洪亮地朝大街上喊，喂，都出来都出来，阿珍家的孩子丢了，都出来找找。

但是一骑到能望见派出所了，阿珍就觉得不是那么回事。镇上所有的房子都是一层平房，像是黑色的棺材一具挤挨着一具，只有派出所的六层大楼灯火通明，像将军一样气魄雄浑地审视着无边无际的平原。等到骑到了，她从下往上看，觉得还不只是六层那么高，它就像纪念碑，插到了灰暗的云层里，她抚摸着笔直、坚硬、有颗粒的墙壁，觉得自己有一种说不出的渺小——那就好像有个不怒自威的法官坐在天地间，望着脚趾下的东西。

阿珍生怕轮胎上的泥块沾染了地面，小心把自行车提起来放到一边，然后走到小卖部买了一包算贵的烟。她走上派出所台阶时，看到门是开着的，值班室泻出的光芒打在黑森森的过道上。她向值班室里探了探头，发现有一个秃头中年人正将脚跷在巨大的松黄桌面上看报纸，桌面上躺了几十根黄过滤嘴、白过滤嘴的烟，像是一棵棵小小的伐木躺在河水里。阿珍知道他是抽烟的，就拆烟盒，却因为生平从来没碰过烟，找不到封条，又拿指甲抠，也抠不出个所以然来，一下急着了，好像世上没有比这更重要的事情了。

“你干什么？”

那中年人抖了抖报纸，厉声问。阿珍差点捉不住烟，说：“大哥，抽烟。”中年人瞟了眼烟牌子，说：“不抽。”阿珍便遵命将香烟捏在汗湿的手里，许久了也不见对方问话，阿珍也不好意思开口，像小学生犯错一样，委屈地站着。后来，那秃头中年人大约看完一条新闻了，方放下报纸问：“你有什么事？”

“我报案。”

“报案找楼上，找周警长。”

“怎么找？大哥。”

“四楼。”

“四楼哪间？”

那中年人只是不答，捉了桌上一根烟点着，又跷起腿，痴迷进报纸了。阿珍鞠了一躬，轻声退出来慢慢往四楼爬，爬到那里却发觉有十六间暗红色的木门，每个门上都写着“警长办公室”的字样，竟似迷藏。阿珍不敢贸然敲门，敲准了还好，没敲准多麻烦人家啊。阿珍就像一个困兽在这廊灯下来回地走，就好像这里是一座前后不靠岸的独木桥。直到后来其中一扇门自己开了，里头踢踢踏踏走出一位穿裙子的年轻女子来，阿珍闪到一边，让她过去。她走过去，正要下楼梯，想起什么，问："你手头拿的什么？"

"我找周警长。"

"我问你手头拿的什么？"

"烟。"

年轻女子拿走阿珍的烟，看了看牌子，觉得将就，就用红指甲轻轻一撕，香烟的封条便撕下来了，然后她闪身走回办公室，臀部落座于真皮座椅的一边，歪着身子给靠在座椅上休息的警察点烟。阿珍探过头去望，望见这警察留着个稀薄的寸头，脸色酱黄，眉毛好像没有了，眼睛却像是得了甲亢鼓着。在他面前则是五六只只剩油水的盘子。在刚才的晚餐里，他也许吃掉了一只兔子，也许吃掉了一只鸡，也许吃掉了一只烤乳猪。

他抬头问："你有什么事情？"

"我找周警长。"

"我就是。"

"周警长，我想报个案。"

"什么案子啊？"周警长从桌上扒拉来一根回形针，把它扳直成一根牙签，然后慢慢剔牙齿。

"我孩子丢了。"

“丢了？明早他就回家了。”

“不会的，我孩子一向很乖，不乱跑的。”

“每个父母都这样说啊。”

“不是啊，他真的是很乖，从不乱跑的。”

“乖，不跑。”周警长将铁牙签掷到桌上，忽然火势很大地说：“你知道每天有多少父母来报警说自己孩子丢了吗？你知道每天又有多少父母跑来说自己孩子找到了吗？你知道我们一天要处理多少事情多少案件吗？你知道我们警力有多少吗？你知道我们要忙成什么样子吗？你有没有看到我才吃完饭啊？”

阿珍目瞪口呆坐在那里，以为对方还要质问，却一下声音全无。这沉默大概连那年轻女子也受不了，她扭着腰走到墙角翻杂志去了，而周警长的眼睛禁不住也跟过去。两个人都没看着阿珍，阿珍的眼泪就偷偷跑出来。她想止住，却似放出了一群野马，顾得了这边顾不了那边，到最后只能扯衣角来擦拭。大概周警长也看得钻心了，就问：“找了吗？”

“找了啊，家里，衣柜，床底，附近都问遍了，找不着。”说罢，阿珍竟哭出声来。那年轻女子“哦哟”一声，抖抖杂志，回头看了眼周警长，周警长就觉得这是一份麻烦，这麻烦要早早消失才好，因此他说：“老嫂子啊，我跟你说，不是我不接受报案，是法律有规定，法律规定失踪案报警期限是二十四小时，二十四小时后你要是再没找到，再来找我。”

“可他要是被拐了，早被拐远了。”

“我不管这些，我只按照法律办事，法律说是什么就是什么，对不起。”周警长温柔地抬了抬手，阿珍看到了，他又轻轻抬了一遍，意思很明显了，阿珍就起身悲哀地走了。

F

翻　身

还在做秘书时，他连肚子都不敢大起来。现在就不同了。

方　位

左和右是运动的，而东西南北是死的。左和右具有一种临时性，而东西南北有一种永恒的顽固。即使你将舵盘扳过来，它自己也会转回去，甚至是弹回去。

分 水 岭

“史进、李忠抱住劝道”，此一句见二人。史进是真少年真义气，要替鲁智深算利害，而李忠说哥哥息怒，则是为多一事莫如少一事，为自己打算，为着怕事。《水浒传》写鲁智深管闲事写得精，听说金翠莲在哭，鲁提辖说：可是作怪，你与我唤得他来；你两个是那里人家，为甚啼哭？你姓甚么？在那个客店里歇？那个镇关西郑大官人？在那里住？随后，又自去身上摸了五两银子。一副洒脱模样，一副家长模样，一副上帝模样。

缶、否、fǒu

这是挤压后发出的声音。我在想它是不是一种恶趣味。我习惯将人们淘汰、遗忘、逃避或者不敢面对的东西滤出来。有时看起来像故意——就像一位脏伯伯跑到剧团门口猛然拉下裤子。但我更承认境由心生。你厌恶，就会听到厌恶的声音。厌恶一个人，就会听到对方发出这种难堪的声音。我比别人显得刻薄一些。

伏 笔 I

用技之居心竟如此：

吉川英治的《宫本武藏》里有一景色：木屑向下飞舞，跟着水流漂走了。等到热爱宫本武藏的情人来到桥上时，读者才会明白：宫本武藏已经走了，情人看见桥栏上他新刻的字——对不起。

在胡塞尼的《灿烂千阳》里有：呼啸声和一道白光掠过。莱拉飞了起来，她看见天空，然后是陆地，然后是天空，然后是陆地。一大根燃烧的木头从她身边飞过。同样从她身旁飞过的还有一千块玻璃的碎片，莱拉觉得自己似乎能看清每一块在她周围飞舞的碎片，慢慢地、一块接一块地不停翻动，每一块碎片上面都有阳光在闪耀。像是细小而美丽的彩虹。然后是：莱拉撞上墙壁，摔倒在地上。她记得最后看到的是一大块鲜血淋漓的东西，在那件东西上边，一座红色大桥的塔尖穿过一阵浓雾。小说前头曾留下伏笔，莱拉父亲时常穿着一件T恤，在那T恤上，一座红色大桥塔尖穿过一阵浓雾。

在阿里桑德罗·巴里科的小说《蚕丝》里，有一段话：

房屋，树木，一切。

没有任何东西。

没有活人。

埃尔维·荣库尔呆呆地站立着，望着这只巨大的熄灭的炭火炉，他的身后是一条八千公里的漫漫长路。而他的前面一无所有。他在突然间看到了他以为看不见的事情。

世界的末日。

伏 笔 Ⅱ

餐馆。

“记得别放葱。”

G

告别

个体

根底

公家人

构陷

寡淡

归来

告　别

一个看来萧条但还算整洁的老头走进牛肉面馆，白发苍苍，脸上布满棕色的斑点，口腔里飘着味道，这种味道你在喷过消毒水的疫区会闻到。他的钱包破旧，只剩一百元。店老板小跑过来，扯过凳子，用毛巾掸掸，由此可见他们的友谊。这种主顾之间的友谊超越那些出生入死的友谊。“最后一碗了。”他说。端面来的是店主二十来岁的儿子。他火热地吃起来，劲头像衰朽而贪婪的动物，恬不知耻。他和店主儿子形成鲜明的对比，后者细皮嫩肉，全身上下焕发着春笋一样的活力，而他只是一头老而不死的动物，用枯瘦有力的指爪紧紧抓住筷子。有时我在街上会遇见年轻女人和年老女人同行，像新鲜得让人垂涎欲滴的食物和干燥的屎待在一起。开始与结束。因果。宿命。吃完面，老人结账走了，在一棵柳树下坐着休息。到薄暮时分，人们都觉得地面太凉，才知他已经坐在那里死了。

个　　体

海明威《世界之都》

帕科（很多男孩都叫这名字）经两位姐姐介绍，自高原农村来到马德里一家小旅馆打杂。在这里，有人等待下班去革命，有人毫无希望地期待教会接见，失势的斗牛士和跟班颓丧地度日。帕科让同伙用尖刀作牛角，椅子作牛头，在打烊后的旅馆玩斗牛。过于兴奋的他意外地倒于刀锋之下，死了。他人的齿轮仍然在转动。革命者容身于游行队伍，老板娘在床上思念死去二十年的丈夫，斗牛士和跟班在喝酒。而他的姐姐正在看嘉宝主演的电影。嘉宝总是给那些农村来的姑娘以很多想象。然而这一次，她出演的是一位衣着并不光鲜的妇女。马德里的观众为此整整失望一周。

北京的观众为《夜宴》那句台词（“你呀，贵为王后，母仪天下，睡觉还蹬被子”）整整笑了一周。同期，在苹果园地铁站，列车轧死一无名氏。他影响了很多人的出行，以至于地铁有关负责人出来呼吁，请不要再采取这样的行为。

“世界之都”就像我们需要知道的庞大冰山，而帕科（为什么不是他呢）恰成为我们阅读之船路过的冰山一角。我乘坐出租车时，往往听到某某地发生事故的提醒，这些温和的提醒和车窗外的柳树一样，不会引起我们太多的警醒。只是到有一天，当我们躺在路中央的血泊中，看着千帆过尽，我们才会感触到这座城市的遥远。我认为世界一定存在这样的事实：正如足球场上，甲方球员为了争取时间，而将躺在场上的乙方队员硬生生抬出场一样，几位司机，联手将半死不活的伤者抬离路中央，扔向路边，以恢复路面的畅通。

根　底

旷日持久之事它可能的根源

这是第三个本命年，我在拉着窗帘的房间里写作，两天不出门，一杯咖啡，有时是一杯牛奶。我像孤独的蚕农，将一粒蚕子培养成虫子，再由这只虫子生出人、河流、集镇与世界。我创造一个世界供自己呼吸与生存。很多年来我是自己唯一的读者。这项事业起源于一九九七年至一九九九年的乡下夜晚，在派出所宿舍里我听着台湾人的磁带，写永不发出去的情书。她是一堵建筑森严永远关着门的庙楼，我将所有对她的倾诉都倾吐给自己。

有将近八年的时间我都在思考一个问题，实际上到现在偶尔还会思考：她为什么对我避而远之？就像湖面上波光粼粼的谜语。即使有天我向自己宣判，我不再爱她，这侦破还是进行了下去，就像斗殴吃亏的人决定不进行任何报复，但不甘还是延续了下去。在最初几年，失败被归罪于技术层面的失当。在某天薄暮，当我确信爱上对方后，眼光便过于虔诚，整个人就像随时可以赴死的壮士，散发着圣徒的光芒。太多导师警告这不切实际的行径。这些人有的在社会上混，摩托车后座每隔一段时间便换一个女孩。“这是一个技术活儿。”他们用“胆大心细脸皮厚”这样的教条忠告我，女人只是一种需要哄的动物，她的虚荣心你必须时刻注意到。后来我认为自己与另一位女人随合随分，也只是因为我没有及时给她买一件衣服。我也觉得过于虔诚的情感会使对方本能地退缩，可对一个木讷的人来说，他除开有灵魂这空洞的工具还会有什么？此后几年，因为一件事，我开始想到，在人世间本身就存在一种荒谬：上帝从没说过，你爱一人，此人就必须爱你。我爱你而你不爱我是再简单不过的道理，是人活在世上必须承受的代价，就像必须承受死亡。当时我在某个舒适自如的场合，忽然有位女子像鬼魅闯进来，楚楚可怜地看着我，等待着我的处置——就像我走到第一个爱上的女人面前楚楚可怜地看着她，哆哆嗦嗦等待她的处置。“我一点也不爱你，”我对这闯进来的女子说，“昨天不，今天不，明天也不。”这世界存在着这种荒谬，这荒谬本身就是合理的一部分：海伦倾国倾城，但总有农夫不抬头看她的车辇，即使是柏林爱乐乐团去小城演出，也会有观众偷偷溜回家去看某集电视连续剧。在极为厌恶极为粗暴地轰走这位闯进来的女子后，我终于明白自己在初恋心里的位置，她可是比我斯文同时有教养多了，但她心里同样会有莫大的愤怒：你打搅了我你知道吗？

我以为这是最终结论。但那不甘的顽疾还是在后来再次发作。我在某日听到一位外地朋友讲了一个故事，这个故事后来还被我写成小说。概言之：小城，一位母亲清理阁楼时发现一堆尸骨，打子女的电话均不通，因此去报案。警方在尸骨边发现一件西服，西服内有名片，写着死者的名字，是这位母亲的女儿的初恋。最终这位已嫁人生子的女儿被逮捕。关于这件事有几个疑问，比如为什么没人闻到臭味，答案可能是现场附近有一条臭水河；比如在整整十年内尸体为什么没有被移走，答案可能是这位女儿不会使用任何交通工具，而这件事不可能请任何人帮忙。而为什么这个不足一米六的女子要杀死逾一米八的初恋，比较靠谱的答案是他听说她和别的男人（也就是未来她的丈夫）拍婚纱照，因此上门问罪。最初这个故事给我的刺激是一个女人忍受着自己作为杀人犯的折磨，苦苦度过十年。此后让我悲伤的则是一个喑哑的亡魂。这件事最大的疑问是：她为什么不再爱初恋，而要向他举起屠刀？

我觉得是在两个男人之间，后来成为她丈夫的那位，更符合她在社会上的定位，而前一位可能只是她头脑发热时的选择。在前一位上门兴师问罪后（可以想象他的愤怒、悲伤、绝不放手的劲头以及无休止的逼问、纠缠），她走投无路直至选择最惨烈的方式解决此事：要么他死，要么我死。在他无尽的追问中，渗透出的仍然是爱情——爱情，爱情，爱情，就好像他有资格拥有它一样。而根据一些资料判断，我觉得在她心里，这时存在的只有“是否体面”四字——和这一位退伍归来的男人继续待在一起是否体面？她的父母以及她自己，是有着公职的人，是吃着商品粮的世家，而他出自农村，仍然是一位农村人。

我从来没看过一位吃商品粮的姑娘嫁给一位农业户口的人。也许这样的奇迹只在路遥《平凡的世界》里存在，县长的女儿爱上了矿工。呵呵。在农民那卑微的心灵里，仙女下凡和放牛郎待在一起，甘愿放弃天庭优越的生活。这种想法有如手淫。我只知道，即使我认识的一位农民富甲一方，资产半亿，也不敢奢望在税务局或工商局上班的女人。因此我想到在美国，会存在一黑人男与一白人女，青梅竹马，若干年后做律师的黑人开着车手持玫瑰花来小镇寻找在餐馆没日没夜端盘子的姑娘，后者摇头。难以动摇的秩序，sorry，不同的血液。

我并不认为这是最终的谜底，但这个结论还是有极强的说服力。在我第一次爱上一个女人时，已经是警校的一名新生，因为考上这所学校而刚刚摆脱农业户口的身份，而她作为县城子弟仍在复读。此前，我认识她已有一千余天，两万多小时，我并不爱她，直到这个薄暮，这个她仍在复读而我已是一名光荣的大学生的时刻，我才觉得自己有了爱的资格，就像黑人刚刚领到自己在律师事务所的名片。我建立起她哀怨的形象，就像这样，我就可以保护起她似的。她关上大门。也许这是一个理由。也许不是。

我不能确定。

附：

平常日子

一个平常的日子。他徒步走在通往城区的马路上，风很大，树枝摇曳，他像是在冰冷的海底勉力前行。路上没有车，也没别的人，因此他在路边撒尿，然后在抖索中仰望天空。他的瞳仁是褐色的，像动物一样无辜而孤独。大块大块的灰色正从天空缓缓降落，将要淹没世间的每人，使人们内心涌现出被剥夺的痛苦。

他什么也没看见。

而我俯视他一路走进深渊。没什么能阻止他，既没有莽撞的马匹，也没有强硬的父命，能够阻挡的只能是他心底生起的一丝傲慢。这是一场由堕落者组织的同学聚会，他们没有一人考中大学，唯他例外。他知道他的出现是一种粗暴的提醒，会扎破他们自欺欺人充满末日味道的气泡。但他还是走向舞厅。台阶上满是他们来过所留的泥泞。

这是县城最破旧的一座舞厅，只有六十平方米，红色的沙发因为沾染过多污垢而变黑，壁纸卷起来，地板也裂开，被大家的鞋踩得脏乎乎的，服务员粗声大气地说："好了吗？"

"好了。"

一位嘴里叼着起子的工人，一边踩着凳子将旋转灯塞向吊顶，一边说。他按动开关，那玩意儿便像地球仪一样光芒四射地转起来。"只是马达有点小问题。"服务员将剩余的灯调暗，整个空间便有了梦境的意味。

他摘下白色手套，挑了临近门的位置坐下。一个陌生人走过来说："不认得我了？"

"怎么不认得？"

"那我叫什么？"

对方的眼神露出敌意，他矜持地笑笑，那人便拍了拍他肩膀，说："正常，以后多照顾点。"

在歌声响起后，他捂住耳朵，看见那些过去和自己一样属于县城底层的子弟，敞开滑稽的西服，手夹燃烧的烟，张大嘴巴，无声地招呼来招呼去。逐渐地，他开始在暖和的气流中打盹，有一两个人像探视熟睡的病人那样轻声呼唤，他扭转头，睡过去。

醒来时，他感觉到冷。一切事物相隔遥远，陈腐而萧条。他想自己得走了，可是却不曾动弹。

公 家 人

“谁违反这些……整死你，搞死你。”一位老师，在他的第一堂课上这样威胁一帮刚上大学的人。一个刚当上村长的人也会如此。以前，他在宗族里没什么地位，如今他更需要这种冰冷的孤独。一切公事公办，他站在权力的高位，与所有人打交道都确立出一种上下级的关系。他因此丧失了很多，包括一次足以挽回其政治生命的报信。来者在门外站了很久。他没有转过脑袋，只顾和旁边的会计慢条斯理、“嗯嗯啊啊”地说着，有时还夸张地做一些手势。会计倒是看了几眼来者，知道后者唤了几次村长。

“有事吗？”最终，村长问来者。

“没呢。”来者微笑着走掉，好几天来，他都在为自己怀揣着一个秘密而难受，就像有一件很硬的东西塞在喉间。正是这种痛苦驱使他来找村长。但现在他决定了，打死也不说，谁爱说谁说去。他能想象几天后，去职的村长将像一条剥光毛的狗被赶回到宗族当中。

构　陷

一

“怎么在最快时间内将他弄得一蹶不振？”

“名誉陷害。”

“怎样在短时间内使他根本没机会为自己辩白？”

“说他奸淫幼女。”

“为什么？”

“因为每个人都有女儿。”

二

“还有什么要做的？”

“强调他的身份。”

“怎么说？”

“使人获刑的是他的身份，行为不过是它的一点作料。”

寡 淡

据说奥维德这样弄《变形记》：

故事套故事；

人物轮流说故事；

婆婆对媳妇说故事；

叙述挂毯上织出的故事；

叙述杯子上镂刻的故事。

这样能使不同的故事串联起来，自然而不牵强。

我就是看见这几句话，想起小时去亲戚家拜年，屋顶是漏的，墙壁被烟火熏黑，桌上的糖渍招惹蚂蚁，门背有耙锄，地上有些许干稻草，能闻到卧室尿桶的骚味。就是这样，什么故事也不可能存在，但是还是有那木讷的主人和他的妻子、儿女以及从远地而来的女婿。他们喝白酒，吃腊肉，开始讲自己的见闻。

而在墙上粘了四条屏连环画，每幅画下皆有汉字注释，说的大约是《西厢记》或岳雷招亲的故事。当然还有茶缸上的毛主席语录，这条语录能启发他们对红墙内的想象。有时，我想，比如在古代，帝王将相、才子佳人，他们看向未来，会不会看见那抽烟的老农与他引以为豪的女婿？未来的他们喝着白酒，吃着腊肉，眼角有眼屎，说着说着就不说，只是一杯杯地喝，雪慢慢飘落，自行车慢慢被淋湿。天色晚了。

归　来

在乡村里，小翠也不结婚，就是等一个人，一个穿白色皮鞋的男人。那男人走的时候回头看了小翠一眼。小翠相信他一定会回来，可是这样不过是让别的姑娘笑话。怎么可能呢？但是几年后，那男人果然来了，他还穿着白色皮鞋，只是鞋面皱了。人也老了。小翠仍然保留着一种矜持，也许是这矜持害了她，事到临头，她躲藏到内间。

男人只驻留了一会儿，便走了。他对站柜台的人说："我记得三年前，我在这儿买了两罐健力宝，但只拿走一罐。虽然说不上是什么事，但终归是个事，你说是吧。"

H

鼾　　声

黑白片里的飞机，在迷雾里上上下下地钻行。

坏 朋 友

《模范青年》的任务

要写一个同学：Z。当年我是他的隐秘朋友，我们不会吃饭、喝酒、在一块儿聊天。我们甚至是在一种带有敌意的陌生中共处，每天Z来到县城公安局办公室偷偷背诵英语单词，写些论文，而我虽然迎合一些同事领导，但骨子里早已叛变——我和他一样，想在某一天像消失于空气那样，悄无声息地逃离县城。在匆匆（不得不）对视一眼时，我们很清楚，我们是彼此的隐秘朋友。那些为我们出生入死、两肋插刀的兄弟不是。

Z什么都做得比我好。如果说他是白马上的骑士，我只是路边的蚂蚁。我只能看他绝尘而去。多年后当我心安理得地活在北京，身上已没有那恐慌、挣扎的汁液时，我想到Z的失败来自他还有另外一个隐秘的朋友。Z除开和我暗自在心理上交流，也和那个朋友待在一起。那是个说起来都恐怖的人，我们避之不及，而Z默然跟着他走。很听话。

在初中时，我曾经有一位很好的哥们儿，做学习委员，成绩很好，交了一个打游戏机的朋友后，每天逃学，最后学习全毁了。而Z也沦陷于那隐秘的朋友——我们从来没见过这个人，就像他根本不存在一样，只是当Z忽然露出恐慌与臣服的表情并为此号啕大哭时，我们才知道他是存在的。他一直纠缠着Z，他掌握着Z的秘密，像捏着Z的命根子。对这个可怕的人，我们劝说过Z，心态要健康，要抵抗他，你不怕他，他就怕你，你一怕他，他就欺负你。可是要是我们自己遇上这样的朋友，说不定比Z还绝望呢。

那个人总是在下班后，悄无声息地跟进Z的房间。有时候他们会发生搏斗。但是最终他拥抱着他，他也拥抱着他，倒在阴沉黯淡的床上。关于这个人，我们传说他穿着一件巨大的像浓云的白袍，走路无声无息，喜欢吃苹果——吃苹果时牙齿与咽喉发出机械的声响，而眼神痴呆，就像全身都是个雕像，只有牙齿与下颌在机械地运动。他总是吃着苹果，等待着Z。在Z失去鼻子后，他与Z来往得更频繁了。

我们看不见他，却总觉得他喜欢将手搭在Z的肩膀上，慵懒地行走。就像一个有着健壮双腿的瞎子将手搭在一个不是瞎子的人肩膀上。Z驼背，单词忘光了，最后也不再写论文，只是偶尔兴致来了，给报纸写几篇读者来信。Z废了。在县城的单位里蹉跎，像是活了很久那样死了，其实他死的时候很年轻，只有三十来岁。

他的那个朋友也不见了。

我们都看不见那个坏人，但是终究有一天都会看见，看清他的面容。他嘴角的笑，来自他的嘲讽和他要命的诱惑。我们看清他时，艰难地活一阵，也就死了。说起来他是我们所有人隐秘的朋友，从一出生开始就有这个朋友。

欢　乐

大概是店主多找了五元钱，她很开心。因此我也很开心。我们从来没有找到可以和这比拟的快乐，那快乐就像射精一样，突然到来——而萧条是很久以后的事。我们为此开心了一整天。有时就是对视一眼，我们也会疯狂地笑很久。

讳 病

他本来是牙龈出血。但他老吃草莓和番茄。这样他就可以很惭愧地跟人说："你看我总是吃这些红颜色的水果，我还以为自己是牙龈出血呢。"

回 娘 家

农村里有一妇女叫细妹，年四十八，因为丈夫得病需二十四小时照顾，十年未回娘家。某日丈夫的妹妹来祭祖，代为照应几天，因此她有机会回到九十里外的娘家。她弄了很多礼物慢腾腾地回去，却发现整个村庄不见了。就是不见了，只在沙土里有几片瓦。

回　望

我们在昏暗中走了一会儿。微弱的光明可能是史诗的前奏，也可能是巨轮沉没浮出的一道眼白，对我们来说意义不大。彼此并不相识，但知道要去干什么。像是雨季的早晨一起到山上拔笋，或者一起走进集中营。有着可以用以自嘲的默契。很奇怪——清新的味道是通过树木湿烂的伤口飘出来的。在即将到达的通道口往回望，会发现结不结婚区别不大，也许有子嗣会让人觉得自己还在延续，但在我们离开时便得到遗忘：一篮子一仓库一整列火车的遗忘；火烧连营斩草除根掘地三尺的遗忘；干净而彻底的遗忘；就像我们忘记祖父，祖父忘记祖父。在死亡的通道口往回望，会发现远处体育场射向低空的光芒，健康人的喧闹像是在山洞里回响，他们看着一个人和助手慢慢搞死一头牛，待会儿这头牛会追随我们，踏上这条通往死亡通道口的道路。它老远亮着，地狱之火在下边燃烧，只要过了那个口子滑行一段距离，钢铁化作泥汤，肉身成齑粉。啊，在这旅途中，我们还保留着毕生奋斗所换来的一点尊严：清高的教师与寡言少语的官僚，给自己补妆的女人还有神乎其神的骑士。最后一次演戏平静如喝一杯白开水。然后一切平等。

火　车

道路旁边的道路
狗一样地追随
被抛弃，甩下

毫无指望地袒露
旧日时光
雪不是对它叹息
雪降落时一视同仁

J

嫉妒

寄生虫

记忆

降落

讲述

侥幸

焦躁

桀骜不驯者

节骨眼

解决 I

解决 II

借口

解脱

嫉　　妒

电影《莫扎特传》，最终，嫉妒者萨列宁说，莫扎特死后三十二年，他慢慢看着自己在消失，自己的音乐在消失，没有人再演奏他萨列宁的作品。这时，精神病院的护理过来说，教授，去吃饭，有你最喜欢的涮面包。电影多次突出萨列宁有食欲的细节，估计是想设计为庸才的象征。平庸者必有马脚，食欲即为其一。最后的“教授”就像冬天的枯枝，一切被剥夺了，一切消失了，光秃秃的一个名号。萨列宁教授，跟音乐本身已没有关系。

寄　生　虫

主说：
我要给你一根桃木棍子
你因此享有对世人的审判权
你不是代表我
而是你本身是我

叫玛利的女孩，从此
任意审判她看不惯的人
那些人虽遭厄运而浑然不知
这也是主特许给她的法力

玛利念念有词，活到七十九岁
一生只遭遇一次侮辱

一伙坏老头儿夺走桃木棍子
对她说：
你一直说我们是肮脏的流氓
世上唯有你清洁高雅
好吧，现在就让我们这些粗鄙的眼睛
好好看看你

记　　忆

人重新进入过去，状况类似于救火，能记录下来的财物有限。有时烧掉的废墟太难看，还需进行拙劣的重建。无论怎样，从离开事情的那一刻起，你就失去对原貌的掌握。这是做人痛苦的一部分。

秋天通往郊外的柏油路，飞扬着枯黄的树叶，车内放着一首歌：昨儿晚上你睡哪儿。这应该是一首撕心裂肺的歌，但它再也害不了我。我稳定地控制着方向盘，就像稳定地控制着家庭、生活和工作。我很难理解五年前的自己，为什么会抑制不住痛苦，要去送命。

无疑，当初我走上阳台，自有其理由。我应该是扔掉电话，对人世最后的几步路程浑然不知（现在记起来，那应该是一片玛瑙黄的木地板，反射着下午浑噩的光芒）。我扶着低矮的阳台，只要猛然一个前倾，一切便结束了：我将头朝下，撞向六层楼下的地面。能够想象，颅顶将像猛然碎裂的西瓜，发出极为沉闷的声响，颈椎折断，肉体最终扑倒在地时，瘫软得像一条卧在地上小憩的肥狗，任谁也踢不醒的懒惰的肥狗。我并没有被吓倒。我相信很多人被吓回去了。我没有。我嘴唇哆嗦，反复说，我不是懦夫，我才不是呢。但就在那个时候，远在喀什城镇的父母出现在楼下，佝偻的他们围着什么都没有的地面转圈儿，悲伤地寻找他们子虚乌有的儿子，他们甚至仰起欲哭无泪的面孔，给天空中的我看。

这点恻隐之心救了我。后来我总是向人强调，世上难做的事不是消灭自己，而是让一无所有的父母赶着马车，将支离破碎的儿子拖回到千里外的乡下。我离开危险的阳台，走下楼，浑身战栗，摸了一遍那可能撞坠到的地面。从那天起，我成为父母的儿子，为父母而活，父母说结婚我便结婚，还生了儿子。我曾相信，等父母过世，我就可以结束自己。但父母死去后，我发现，求死的决心懒惰了，而且看起来是那么无聊。我跟自己说，我可不能成为妻儿的债务。我习惯过平庸而幸福的日子。幸福不就是人应该追求的吗？

在我走上阳台前，应该是扔掉了电话。缓慢的“嘟嘟”声让人备受嘲弄。愤怒在绵绵细雨般的委屈里蹿燃，越烧越大，我快步走向阳台。我就像头驴一样，以为开这种玩笑就能将对方吓倒。我真是可笑。为了表明自己并非幼稚，我还差点真跳了。而现在记起来，与她的性交和与别人的一样，都是进入抽出，夹杂着床铺的“吱呀”声与喉咙紧张的吞咽声，并没有什么特别。也许她的阴道更狭窄，内裤比别人的更小。但在当时，情况不是这样的，当时我离开她一刻也不能活。我们就像是要在对方的身体内住下去。但仅仅几周后，她就活生生将她从我心里割走，她再也不肯和我见面。什么理由也没给。

就在昨天，她还在谦卑地说，你会不会嫌弃我的衰老。我想到在她瘦弱的身躯之上，每一寸皮肤都在走向暗沉（就像时光走向晚暮，就像一只苹果熟透了，要开始悲哀地发皱），甚至有斑点已经出现在那皮肤之下。

轿车向着秋阳的深处开，村庄还留了些绿色，路边的草坪则已枯黄。我将车停在路边，抄近路走进公墓。五分钟不到，就找到5023号墓碑。它和5022号、5024号没有区别，只是一块凿下的石块。5024号之后没有新的墓碑，这说明5023号死得不久，你看碑上的字不是还很稚嫩么。我坐在墓碑上，抽了一根香烟，翻开一本书，上边有题记：夜莺还年轻，但衰老还是来临了。应该是对他人诗句的引用。

降　　落

深渊一般，无法穿透的蓝
过于透明、灿烂、接近毁坏眼睛的蓝
让人心慌的蓝

飞机在靠近地面
白云在山野投下阴影
主在情绪饱满的年轻教师身上
投下安静的补丁

讲　述

那个异乡人讲述的最开头一句话是:“我跨过了祖母的身躯。”接下来他说:“我收拾内裤,喝一大口白酒,沉默地离家。父亲坐着,身躯颤抖,眼冒怒火,母亲则像无知少女,深情款款、充满怜惜且欲言又止地看着我。在一楼楼梯口,奶奶抱着被子坐在地上。‘不能出去啊,不能,你要出去就带我一起走。’她说。我停下来,仰着头,让她将糊满涕泪的手捉住我的脚。眼看她就要偎依着我睡着,我拔出脚走了。身后传来一阵葬礼才有的撕心裂肺的号哭。我转过身,跺着脚,像对一条狗那样喊道:‘别哭啦,别哭啦,我又不是不回来。’而她早仰起下巴,像拉小提琴那样拉着自己的脑袋哭。我真是不敢看啊,她盘根错节、苍老的手指在轻轻而徒劳地捏着棉被,一会儿又疯狂扑打起来,‘我要死了,就要死了。’我赶紧跳进面的,一溜烟去了火车站。”

侥幸

希区柯克的故事《一箭双雕》，题目的意思是："先让他（杀手）杀死一位不知名的人，然后再杀死他，一箭双雕，这是典型的黑社会做法。"主人公摩根就是这样，在杀死一名住在汽车旅馆的男子之后，被组织干掉。在行动之前，他就知道自己要被干掉，但不确定会被用什么方式干掉。现场遗留有一只装满钞票的箱子，当他走过去关上盖子想提走它时，他知道自己的死期到了。箱子爆炸了。故事里有两处细节颇为抓人。一是当四处逃亡的摩根听说有一个陌生人来找自己时，"心中浮现一丝希望"。他尽从有利于自己的角度考虑问题，他觉得组织要干掉自己的话，早就动手了，也许这个陌生人是来告诉他，组织已经原谅他了，还有工作要他做呢。我想到自己也是这样，在处于明显的危险处境时，还会从有利于自己的角度来考虑问题。这分明是侥幸。实际上，组织是不可能放过犯错的摩根的，仁慈是很少有的事。一是黑发女郎把房间钥匙交给摩根，要他进去杀掉正在沐浴的男人后，转身走了，“摩根看着她屁股一摇一摆地绕过游泳池，进入停车场，上了一辆汽车，车上坐着两个男人。汽车后退了一下，然后驶离旅馆”。我们知道，这类文学总是遵循极简原则，但在这一字千金的地方，还是用心去写屁股摇摆的姿态。也因此，我们和职业杀手摩根一起，陷入某种遐思。一边是就要完成的让人紧张的任务——杀死一个活着的男人，一边是妖艳女郎那不乏情欲味道的翩然离去。人的脑子因为这两个信息——这两场戏——同时在场，而变得恍惚。用我的朋友关军常用的话说，世界一下变得不真实起来。

焦　　躁

一路上很艰难。步行三十里后，先后坐上驴车、货车、客车，抵达火车站。火车走了很久，停在冰天雪地里，一直沉默地停着。乘务员不说话。工人沿着铁轨走动，拿活动扳手敲打车轮。他借邻座的手机，拨通她的电话，要她快来，他饿得不行了。到天黑她才来，他一把抱起她，进厕所，解开她的裤带。

“难道你就是为了这个？”她说。

他因为用时太短沉默不语。他和她都有种吃亏的感觉。在他们回来时，邻座还在打电话：“你到底爱不爱我，你这个娼妇，我问你呢，你到底爱不爱我？”

桀骜不驯者

他桀骜不驯，只忠实于自己。但是他从不将自己的生命投入到具体的反对与抵抗当中。他不愿为此流血牺牲、慷慨悲歌。他觉得这是浪费。他混迹在他所反对的人当中，带着他的笑容和心底的轻蔑。当然，谁都知道，他不是他们的同盟者。他所反对的和赞成的人，都不会认为他是同志。他用这种成本较低的方式保护了自私的空间。他的作品只有建立，没有批判。他建立属于自己的世界。这个世界如此瑰丽，充满创世的激情，这个世界从不依靠对别人的进攻才成立。它自我成立。

节 骨 眼

法朗士《克兰比尔》

贩菜者克兰比尔早上出门之时，必不知自己当日会被逮捕。克兰比尔与贝亚尔太太交易一捆葱，十五个苏谈不拢，协商再三，以十四苏成交。然而就是如此少的数目，贝亚尔太太也没带齐。她返回店中去拿，店内却有顾客在不停试鞋。这就使事情耽搁了。警察喊："把菜车推走。"

推车走是克兰比尔应尽的义务，收十四苏又是他当然的权利。克兰比尔就迟疑在路边上，警察再次喊："把菜车推走。"但贝亚尔太太还没有出来的意思。在警察第三次喊的时候，克兰比尔尝试做出解释，却被警察幻听为"该死的母猪"，这样就有了违警罪了。

这就是节骨眼。

我做过警察，所以我对穿制服者的自尊理解得更多一点。他很难允许自己遭人忽视，他在市镇上做出的指令不能像个滑稽的屁。而卖菜者不敢轻视血汗钱，每一文钱都是若干文钱挤压出来的微薄利润，漠视一文钱，就是漠视自己投入到诸多文钱上的劳动。这就是他们的心理动机。表面上看他们互相熟悉，却始终存在盲区。贩菜者不知警察的尊严有多脆弱，警察不知贩菜者的求生有多艰难，故最终冲突起来。

解　决　I

从前，仇富和炫富表现得乏味。太阳底下，一伙皮包骨头的人看着一个胖子抚摸肚皮。整整一年，他们都在饥饿的战栗中度过，冬天，战栗达到高峰。三四人吊起大锅，从一坨坨的肉中熬出银光闪闪的油，纷繁、此起彼伏的油泡就像下在池塘里的小雨，孩子们沾着它吃树皮，而大人们已忘记筷子怎么用。他们吃了一天一夜，全身都是油，然后整整一个礼拜都在舔身上的油。他们想到那个胖子，只要有什么都马上吃进肚子，绝不留一点，以免给自己留下仁慈的机会。现在，一个胖子消失，一村子的胖子诞生。其实说来也算不上胖子，但是在那像狼一样嚎叫的人心里，他有一亩地那么胖，他都这么胖了还是不肯分别人一点点，宁可将剩饭一粒粒踩进泥土里。

解 决 Ⅱ

老刘像野兽，野蛮而霸道地活了四十九天，眼看就要那样一直发展下去，就要变成一种常态。一位远亲，一个做事总是过于热情的人，在所有人的默许下，一斧头砍死老刘。

借　口

黑箱操作的可恶之处之一：它给了那些什么也没得到的懒惰者以继续懒惰的理由。在公平环境里，懒惰的人是不值得同情的，而现在，他们觉得自己是最清白的、最冤枉的，他们有着无比的正义感。而其实他就是个懒鬼。

解　脱

有一个乡村男人，在儿子和妻子身上滥施淫威，终于有一天儿子打他了，他感觉很爽。这种爽来自他不必再承担父亲那高尚的责任。即使儿子拿起皮鞭抽他，那也是很爽的事情。也可能，这里边存在着一种交流的贫瘠。殴打是总要发生的事情之一。

K

咳嗽演奏会

空旷之地

控制欲

窥伺

咳嗽演奏会

有时像一段呜咽，催人泪下——有时像一台手扶拖拉机，一位疲惫但仍满怀信心的中年男子，转动摇杆，那蠢货般的柴油机的脑袋，就要“嘭嘭”地响起来——打火机的火石总是处在打着的边缘——风在涵洞快速抽送，打气筒在工作，咽喉飞沙走石——总是以一至两口浓如翡翠的痰结束，偃旗息鼓，休养生息，然而几分钟后，军阀归来，大地被铲起，地皮翻卷，地心翻卷——有时你很难相信，民歌般的吟唱只是一位肺病病人喉管里抽吸的声响，从深井里将病菌的石油抽上来，吐向套着黑色薄塑料袋的垃圾桶——总是有一定的困难，因此最后，事主面红耳赤，双眼惶然，以一种最深的痴呆看着镜子，像一头牛茫然看着不久将挂起自己尸体的铁钩——只有大理石地面不会生病——喉管将要咳得翻卷起来，像一截猪肠像一只袜子那样翻卷起来——渴望站在山崖高处，扶着栏杆，大声，痛快，对着风，咳出一团盘踞在胸中的黑影——有时像一段深沉的哭泣——咳得脸色发紫——家属不停拍打肺的工作者的背，像击打一块嘭嘭作响的地皮，一面鼓，每次，他们都要感觉到事主终于咳出一小截蚯蚓或者一条污黑黏稠的虫子才罢手，每个人的咳嗽都是为了一个结果，没有没有结果的咳嗽，没有没有果实的革命，没有无缘无故的爱与恨——咽喉的磨损率较常人突出——在咳嗽时人像是突然被吊颈，或是被揍得弯腰，咳嗽是一座监狱啊，无法与之谈判，像有人在一鞭一鞭抽打你的背部——能够根据声音判断你是弓着背，双手扶着盆沿，对着盥洗池哀号——能够看见龙被扎住尾巴，上身不停耸起，血淋淋地拉扯自己——能够看见一大口布匹般的鲜血吐出——我们体内住着的是一只破肺，灰茫茫让人欲哭无泪的肺。

空旷之地

菲利普·迪昂《三十七度二》

作者菲利普·迪昂一九九九年二月接受采访时说：“这件事实在令人感到厌恶，我的作品竟然只是通过这部电影在世界各地传播，导演让·雅克·贝纳克斯的审美情趣与我完全不同，甚至是截然相反的。”

菲利普·迪昂所指责的电影，中文名曾被译作《巴黎野玫瑰》。我是看过电影找来小说的。小说开头显得拖沓，展现的是一名三十五岁雇工慵懒的生活，其间有佳句：我可以一连几个钟头都躺在那儿，我自认为已经在生与死之间找到一种完美的平衡。似乎也就如此，但在贝蒂闯入小说后，这些废笔全然活跃起来，因为贝蒂强调的是“最好别待在这儿”。贝蒂在夜总会的同伴跟了有钱人，过上洋气的生活，而她因为不接受性骚扰失业。

贝蒂想离开这鸟地方，而索格（这是他在电影里的名字）不思改变。在老板要他们粉刷多达二十八幢的房屋后，贝蒂怒气冲冲。索格说："自从我和你在一起之后，我并没有感到自己在虚度光阴。恰恰相反，我甚至觉得比过去更充实了。"贝蒂的回应是："妈的！我跟你说的不是这个……我想说，我们应该摆脱困境。"她用煤油灯点燃房屋。"喂，你跟我来吗？"她问，"我们赶快走吧。"

随后他们进城。贝蒂的疯狂与日俱增，最终挖掉自己的一只眼睛。故事最后，为着终结精神病女友的无解生命，索格男扮女装，混进病房，用枕头捂死贝蒂。

一直很难形容贝蒂这个角色。她来到眼前是如此强烈，消失又是如此迅疾。仿佛烟火升空，徒留天地寂寞。心里像被挖开了一个大矿。一位兄长说，贝蒂是无视人类规矩及一切世俗秩序的本真女性。据海报介绍，是性格自由而极端的女子，受不得约束，忍受不得心爱的人被别人欺骗和侮辱，才华受不到重视。而电影叫《三十七度二》，因为这是发低烧的温度。

电影我看过多遍。以前一直觉得它努力呈现的是女性，后来在心里显现出来的则是那男子：索格。他是世外人，有着圣父的心灵，克制、方便于人、无所谓，又怀着深刻的爱意，他像被失控的马车拖进火海，然而毫无怨言。这样的角色真是让天下男人羞愧。我也曾经历过贝蒂这样的女子，然而现实照射出的是我的犹豫与自私。每次看，我都会被拖入愧疚的旋涡。

一九八一年，当菲利普·迪昂的第一本短篇小说集《五十比一》问世时，他还在一条偏僻的高速公路收费亭里担任夜班值班员。后来记者告诉他：对于你在书中描写的那片空旷地带的场景，读者都有一种共同的理解。他回答：这里面有一个原因。与美国和澳大利亚这样幅员辽阔的国家相比，一个欧洲人，似乎不大可能与一片空旷的地区产生某种必然的联系。所以，我试图在我的小说中创造出这样一个地方，但是你知道，这更像是一个美丽的童话，因为这片真正的空旷地带，其实就在你的心里。

在电影中，空旷之地，大风将一块纸片吹远，暮色像巨铁大块沉下，老人的萨克斯孤独而萧索。在那里，一个年轻男人和一个年轻女人以及他们的关系，容易被显现出来，然而也容易被笼罩下去。我曾经在洪一乡、燕郊以及一片内蒙古草原看过这大块降落的暮色，甚至带有一种将死的绝望。这时候，男女之间像匪徒一样忠心。有好几个下午，我坐930路去燕郊，坐在自己买的房子里抽烟，看时光缓缓下沉，窗外有一条宽阔弯曲的公路，偶尔有车辆逃生般疾驰而去，公路边有一只大烟囱，缓慢地冒着白烟。

很多青年在北京买不起房，就到燕郊去买。据说，有一天，某一个这样的青年带着北京的女友去那里，当车辆堵在通州，暮色毫不留情，一丈一丈地往下降落时，她忽然号啕，求他放她回京。这是网上见过的一则段子。我后来卖掉了那房子。

附1：

女人的谎言

重看电影《三十七度二》时，看到一个段落。疯狂的贝蒂带着男友上门声讨出版商，惊动楼下一对老夫妇，后者悄悄拉开门探出头观望，贝蒂正训斥索格，突然转过脸，低吼一声，对那对老夫妇做出一个快捷的凶相，后者赶紧关上门。我不知文字怎么写这段，但是电影刻画起来很迷人。

在《曼侬·雷斯戈》里，女主人公说谎成性，并且轻信能处理谎言败露后的局面。好像《蒂凡尼的早餐》和《卡门》也是如此。《茶花女》好一点，说谎被理解为维护男人，是避免男人在经济上狼狈。她们都比不得贝蒂。男人到老后应该不会因垂念女王蜂，而牢记爱自己并使自己无尽歉疚的人。《曼侬·雷斯戈》里，父亲对儿子说："骑士，你懂得怎样迅速地获得胜利，但是，你不知道怎样保牢你的战利品。"

附2：

分水岭

在默尔索（加缪《局外人》主人公）和索格身上，都体现着“无所谓”的东西。对默尔索来说，母亲和自己的死亡都不是什么重要的事情，而索格沉沦于空旷之地的生活，“生活中并没有什么惊天动地之举”。默尔索的无所谓要更严重点。索格的无所谓更是谦虚、试图不麻烦别人，索格还是有感应能力的。当贝蒂一件件地摔东西并最终烧毁房屋时，索格没有做出抗议，即使是在贝蒂不打招呼扬长而去时，他也没有表露出震怒。但他心里受刺激了。我们看看：我觉得肚子上像被刀子刺了一样。她走了，我在心里念叨着，她走了，她把我一个人丢下了！对我来说，这是一个沉重的打击，我魂不守舍，但却继续拿着刷子在墙上来回涂抹着，直到几秒钟后什么都刷不出来才罢手。然后，我彻底放弃了，朝木板屋奔去，内心祈祷着最好她并没有离去，尤其是不要开着公司的车走。我气喘吁吁地像头野兽一样冲进房子里，片刻之后，我才发现她所有的东西都还在。我必须立刻找一把椅子坐下来，我的腿已经不听使唤了。我反应如此激烈，简直像个疯子。我站起来，再去抚摸一下她的衣服，她的短裙和T恤衫，我狠狠地打了自己一记耳光。同时我还发现，我的小本子已经被她很仔细地放回到箱子里了。我喝了一大杯水，然后回去干活儿。他真是个好人。他成为性情多变、具有神经分裂症前兆的贝蒂的保护人，既是忠仆又是慈父。他和她一起在超市偷东西，带着她从愤怒的追击中脱围。而在贝蒂心情极度沮丧，给自己画了肥肠般令人恐怖的大口红时，在她明显已蜕变为精神病病人时，索格双手抄起面前的番茄酱，涂抹自己的眉毛、眼睛与鼻子。他对拯救无能为力，因此只能是陪着对方一起痛苦。

索格无谓于自我，在阿尔芒（小仲马《茶花女》男主人公）那里，自我则表现得激烈。后者敏感得像紧绷的弹簧，稍有触碰便疯狂弹跳，甚至做出伤害茶花女的事情来。当他在午夜看见G伯爵的马车在玛格丽特公寓前停下时，便像个孩子似的哭起来。他给她写信：亲爱的玛格丽特：……再见吧，亲爱的玛格丽特，我希望自己能像一个百万富翁似的爱您，但是我力不从心；您希望我能像一个穷光蛋似的爱您，我却又不是那么一无所有。那么就让我们大家都忘记了吧，对您来说是忘却一个几乎无关紧要的名字，对我来说是忘却一个无法实现的美梦。我奉还您的钥匙，我还未用过它，它对您会有用的，假如您经常像昨天那样不舒服的话。他任嫉妒的火苗燃烧。而整部故事就是依靠这无法去除的嫉妒心维持发展，最终阿尔芒去追求别的妓女，对病情加重的玛格丽特落井下石。

控 制 欲

“控制欲——它让我如此憎恶自己，但即使是在憎恶之后，它仍旧顽固存在。结论是：我不能失去一个控制对象，不能失去臣服与驯顺。就像教师不能失去学生、老总不能失去下属、狱卒不能失去囚犯。前者尽可自负，认为后者离开只是小事，但当决裂真的发生时，他们又必会惶恐。说起来，人与人的关系不就在于这种寄生性吗？你寄生我，我寄生他，他寄生另一个他，每个人或多或少都对比自己低位、弱势的人怀有控制欲。这种欲望甚至可以称为秩序的源泉，是社会正常运转的润滑油。可对我而言，它却是致命的心魔。父亲、老师、警察和社会夺走了一切——他们做什么都是对的，他们以对的名义对我实施剥夺，将我死死按在无法申辩、不能反抗的位置。永远都是他们审判我，而我无法反过来审判他们。正因为如此，正因为始终要低着头在世间生活（我连抬起眼睛来看他们都不敢），正因为这种身份的轻贱，我在遇见比我还惨、比我还弱势、比我还要低位的对象时，会迸发出最为强烈的控制欲。一条得病的狗，它的意义和折翅的鸟、瘸腿的兔子以及被拔光毛皮的猫是一样的——它们从不会反抗，并且十分害怕你对它有哪怕一丁点的冷漠。你完完全全地左右它、统御它、决定它。它们永远不知道我会害怕失去这种操纵的感觉。我的自尊与信念全部在此。我需要为它们搭建一个穹顶，以成为这小世界的上帝。我比任何一个人都想成为一个控制者，而且我许诺，我会比他们都完成得要好。我不能失去这些支撑着我尊严的对象。

“而她，是我发现的第一个可以控制的人。”

窥 伺

最近在两捆草之间犹疑不定：是先写对往日的回忆，还是写一件关注已久的案子。情况就像谈恋爱。当你搞定这一个女人，就一定会有另一个女人游弋在眼角的余光里，夺走你的心魂。你感到遗憾。痒。那个因为精力和法律而不允许你碰的她者，像一只优雅的母豹，轻声在你的心上踩来踩去。你开始没办法干活儿。但是你一旦得到这只母豹，又一定会怀念过去的麋鹿。“好好和你现在拥有的女人过下去吧，”这是来自长者的教诲，“你在夏天怀念的冬天，其实冰彻至骨。”

“我就是没法心定，总是感觉那另一个始终在窥伺。”

当然最终还会有这样一段对白——

母亲：“人只有这一辈子。”

那像受难者一样的儿子回答：“那就和她一起糟蹋掉这一辈子。”

L

垃 圾 场

烟头；压塌并且发霉的纸板箱；白里透红的假牙；几十年前的卫生带；缺损的煤炉；爆裂的电池；凝结成一团的假发；擦过皮鞋的牙刷；曾经沾染大出血的床单；双拳紧握、眼白微露的弃婴的尸体；沾满灰土的避孕套；饼干盒；灰蒙蒙的玻璃碎片；剩下一根朽木的盆栽；像盥洗池的男士自慰器；有一半商标的啤酒瓶；瓶里肿胀的幼鼠尸体；一张结婚证书；书页变黄的杂志；没有头颅及阴部，但可以判断是女性的塑胶模特；浓绿如文物的白色塑料袋中的呕吐物；穿了孔的，曾被当作玩具的牛角；扑倒在地的花圈；被解剖过的电视机；三条腿的桌子；账本；火烧过的帽子；被扯断并拉出来的磁带。

老　人

猛烈的关门声，比电钻声更恐怖。给我心里的留白太大，我惊愕很久。人生最可怕的就是，不想跟对方过日子，又发现彼此已过了三四十年。像两把老锯，彼此磨来磨去，用最后的余热实现同归于尽。老汉穿西服打领带，站在路口，看见老妻没好气地走来，心想：怎么又是她。不是我还能是谁？她也心想。

冷

天特别冷。过街天桥上有卖袜子的中年女子，跺脚如鹤。很久才跺一下，一直提着那条腿，然后找个机会再跺下去。

冷 战

彼埃尔·布勒《月球人》

这个短篇写道，美国人登月，发现月球上有生命，长相与地球人差不多，有四肢，会做手势。他们热烈欢呼。经进一步接触，发现月球人却是苏联人，双方热烈交锋，死伤各一。余下人等在汇报地球方面后接到指令：炸掉月球，以免被对方占领。

后果是地球失去黑夜，女性不会受每月潮汐之苦，凌晨也没有狗叫。那真是烦人的狗叫。

裂　开

梦见自己捡起地上的手榴弹，重新拉索儿，向着一伙人扔去。没有炸响。他们哈哈大笑，就要围拢过来。此时，手榴弹又突然爆响，地面炸开一条缝隙，接着缝隙裂开，变大，接着变成一条巨沟，我爬到沟沿往下看，那些土渣子往下掉落，密密麻麻的，掉向很远很深的地方。后来它们掉完了，不掉了，我看见下面有个天空，还有白云飘呢。这时，那伙人疯狂地朝后跑去，大喊着：“地球被炸成两半了，我操，地球被炸成两半了。”裂开的地球像裂开的花朵，向太空的怀抱躺下去。我们人类就像要一起掉向水井去。

邻人失鸡

《杨村的一则咒语》的源起

记者杨继斌和我讲了一个故事，我记得一些，转述如下，可能不够准确：农村里，有一妇女，她家的一只鸡不见了。因此，她怀疑上邻居，接着，这两家妇女像过节吵得不可开交，一个为着清白，一个为着正义，均信誓旦旦。事情的收尾是妇女发了个恶咒：若你偷了我的鸡，你的儿子今年死；若你没偷，我的儿子今年死。似乎就结束了。到年底妇女忽而心慌来，因为对邻人的判断出现了松动。这样她天天盼望儿子自千里之外归来。他也终于归来了，但是刚抵达村落，便倒下了，不再活来。很难想象，这个在工厂吸了大量毒气，身体已经衰败，早该死了的青年，是怎样一路换火车、汽车，回到千里之外的家乡的。

临　　终

我像农妇一般，用死亡说出了一句话。不是，应该是好几十句话，这些话起初慷慨激昂，后来拖泥带水，它无疑违背了“止于当止之处”的原则。到最后，我嘴角溢出一些农药，我将它舔了回去。

领 袖

很多领袖最终穷途末路，不是因为自己不够出色不够勇敢，而仅仅是因为追随者越来越懒惰，就像石尖坚硬依旧而浸泡它的水逐渐干涸。老百姓就是这样，当他们的依赖性发作，就不愿意担负芝麻一点大的责任，哪怕完全不用负责他们也不想动，他们想自会有人干这事儿。而那些居领袖之实的人最终在一堆空洞的赞扬与虚名中疲惫不堪，他将责任与风险揽于一身，冒着千辛万苦甚至是生命危险将猎物扛回村庄，只能眼睁睁看着它被分食一空，他觉得自己只是他们的工具，只是一条被放出去咬人的狗，有好处就利用，没好处就出卖，总有一天他会问自己一个问题：为什么是我而不是别人？而只要一问他的心气便开始泄漏，当有人指责时他会说，要不你去试试。从此，事情对他本人有利他就出面，无利就睡大觉，好几个泱泱大村的没落就是因为此。

另一种可能

阿加莎·克里斯蒂《东方快车谋杀案》

克里斯蒂一九七一年被英女王册封为女爵士，作品英文版、非英文版总发行量逾二十亿册。《东方快车谋杀案》的梗概是：列车因雪灾停在途中，一位名叫雷切特的乘客被杀，同车的波洛受铁路方面委托对同车厢人员进行调查，最终得出十二位乘客联手行凶的结论。

其模式：从未知地（A）出发，冲破重重迷雾，到达真相大白的B地。从无到有，从0到1，或者从0到12。A→波洛→波洛→波洛→波洛→波洛→波洛→波洛→B。

这个模式是侦破（推理）小说的基本模式，注重抽丝剥茧，柳暗花明，保持并储积足够的悬念（延迟），以便在最后公布答案时让读者获取高潮。这是很纯粹的技术活儿，作者和读者都把它当成一种脑力游戏。

因此克里斯蒂在写人时绝不复杂，波洛、罪犯和受害者的性格早早被固定、被标签化。即使偶有人性刻画，也是为了使案件性质与犯罪动机得到更好说明，比如对雷切特无耻的着墨，仅只是为了说明案件的起因。克里斯蒂绝不会像刻画拉斯科尔尼科夫、高老头一样刻画出一个时代的象征。

假如将这个故事倒过来讲，情况可能很好玩。一开始就写：雷切特绑架一位幼女并将之撕票，导致其母一病不起，其父自杀身亡，而保姆也因为受到质疑用自杀自证清白。雷切特通过行贿法官的手段使自己逃脱惩罚，而那个美国幸福家庭却彻底破碎。因此围绕这个家庭的祖母、教母、妻妹、司机、家庭教师、保姆父亲、护士、女仆、园丁等十二人决定私组陪审团，在火车上处死雷切特。他们的计划是在到达某站前干掉雷切特，然后将罪责栽给虚拟的下车乘客，可是火车却意外因为雪灾停在途中，他们紧急磋商，决定按原计划行事，这样的风险是他们这个车厢的每个人都要受到怀疑，他们为此做好了准备。他们设计、制造了很多证据，来迷惑那个该死的混进这节车厢的波洛。因此它的模式变为：

B←波洛←波洛←波洛←波洛←波洛←波洛←波洛←A。

在第一种模式里，波洛是主体，十二名乘客是客体，负责映衬波洛的神勇、自信。而在第二种模式里，十二名乘客是主体，波洛是客体，负责给乘客施加压力（代表着一个强势符号）。这样写，会是一部类似《罪与罚》的心理作品，读者可以通过这十二个人体验到被侦探检阅的压力，在这名很少失手却其貌不扬的侦探面前，他们的藐视、侥幸、恐惧、猜忌、绝望以及手忙脚乱会集中体现出来（就体现在这封闭的车厢里）。读者从一开始就知道他们干了什么，一起期待他们逃脱惩罚，但是那位像猎狗的波洛却一步步追上来。有时看起来波洛已经走远，在错误的地方消失了，但是他们一回头，就发现他给了他们当头一棒。他发现了太多破绽，他离揭开他们的罪行只有最后一步了。

这是武士为主人复仇的故事在西方的翻版，他们采取了适合他们风土人情的陪审团制度。这里可以刻画他们作为义仆世交的热情，与作为人的压抑。

像是硬币的两面。

轮　回

总会有一头牛保留住自己前世做人的记忆，同时在今世哑口无言。它无限悲哀地看着主人去奸淫他人妻女。它想，如果主人知道自己来世会变成牛的话，一定会后悔自己的行为。当受辱的老妇说“造孽，你也不怕报应”时，它的主人放肆大笑：“告诉我，报应在哪里？来世吗？哪里有来世？”

牛流出眼泪。

然而牛还会继续思考：

——在这个世界上，幸福是浅薄而快速的。那些享受财富和美色的人，不见得就拥有比牛更多的幸福。

——让好人来世变恶人，是对好人美德的侮辱；让恶人来世变恶人，是持续纵容。

——即使恶人受报应，变成猪狗牛羊，受人奴役，但在他变成它之后，它对前世的记忆也是消失掉了的。它根本不知前生与今世的区别，它也就是等死。

——来世之我，不会知今世之我。截然不同的物体。彼此无知的物体。没有责任。没有怨怪与感恩。承受幸福的是一个物体，接受惩罚的是另一个物体。

落　榜

蒲松龄《叶生》

《聊斋志异》里的这篇读来真可大哭。先是："淮阳叶生者，失其名字。"读书人都图功名，然而叶生最终在野闻里也只留下一孤姓。自己连年落榜，倒是助人子弟中榜。对方父亲云："君出余绪，遂使孺子成名，然黄钟长弃奈何！"叶生答曰："借福泽为文章吐气，使天下人知半生沦落，非战之罪也。"

项王临死之前，屡言："此天亡我，非战之罪也。"

后叶生终中举，衣锦还乡时，却见门户萧条。蒲松龄写：妻携簸具以出，见生，掷具骇然。叶生凄然曰："我今贵矣！三四年不见，何遂顿不相识？"妻遥谓曰："君死已久，何复言贵？"

M

盲　女

《狐仙》的任务

在一条废弃铁路的终点，满脸是泥的小孩子捏着锈螺丝钉奔跑，农妇举着笤帚站在中央转圈，而眼角有屎的男人坐在屋檐下抽烟，醉醺醺地看着一切。远处是自顾自的炊烟和悠久而愉悦的哈欠，人们像鸭子，摇摇摆摆、慢条斯理地走回熟悉而安全的床铺。该操的操，该日的日，该尿床的尿床，该哼唧的哼唧。夜像一名油漆匠，自上而下，将山脉、河流、天空、道路和一匹驮着戏箱的骡子一遍遍地刷着，刷黑了。这时，一名女子孤零零站在祠堂戏台上。她头戴一圈廉价的白色珠子（珠子间嵌着廉价的红色琥珀），眼角处画着寿桃红，鼻子上和脸颊处胡乱抹着粉。夜色像毛毛雨下在她身上。她感受着。许久，她庄重地抖抖袖袍，泪水汩汩而出，冲垮脂粉。像是有个小孩，穿着靴子在薄雪上拖出一条路来。

附：

庙会见闻

春节因为大雪没有返乡，去逛庙会，天寒地冻。一位小姐和一个丫鬟在临时搭起的戏台上端着袖子、踏着碎步，转着圈儿地跑起来。大约是小姐羞赧，而丫鬟要催促她。忽而风大，吹倒话筒，台上有些刺耳的声音，两人惊愕地停在那里，突然回到梦外。我看到她们不时吸着鼻子。实在太冷了。卸妆的地方就在后边的一间小棚，我与好几个做皮革生意的、吃濑尿牛丸的男子一起去看热闹。她们并没有卸妆，而是点着一根烟，在那里抽烟。松黄的牙齿。演丫鬟的近了看，眼角都是皱纹，手黑黑的。

没办法的事

没有固定的日子（比如每年春分、每两个月一次、在九月的第一个星期三），没有固定的节奏，没有显而易见的规律。偶尔，在春天，他来得频繁一些，或者在收成不好的年份的冬天。他让人不得安生。谁都知道，他迟早会来，必然会来，不是今天来，就是明天来，有时你觉得他迫切要来，但还很遥远，有时完全反过来。这是一个骑着马的胡人，风一样的男子，手举着砍刀，大呼大叫某个人的名字（啊，这个人就要被残忍地砍掉脑袋，被剥夺在这个山水一色的世界的生存权），风驰电掣而来。当这样的灾难行将发生，当胡人的马匹倾斜着闯入村前的马路，当胡人歪着身子（几乎与地面平行），最高最远地举起砍刀，那被叫到名字的人的亲人、朋友、一切爱他的人，组成一堵谎言的墙，不让他知道这不幸的消息。他们不停地甚至是殚精竭虑地欺骗他，怀着最大的痛心，忧心忡忡，这种难受就像拿起生锈的锯子割扯自己滑嫩的心脏。然后，当刀锋掠过门前，他们猛然捉起那此前死死按住的被点名者的头颅，让胡人顺利地砍走它。

没 出 息

他分明受到极大的侮辱，那侮辱他的人分明也有着极大的过失。人们认为他应该咬牙切齿，对自己有所交代，比如复仇。然而复仇很难，有时需要燃烧十年二十年的时间，要像播种那样播好一些伏笔，要做种种准备。做出建议的人并不计算这种成本。他打定主意什么仇也不报，甚至连空洞的誓言也不说出来。他从很早起就承担窝囊的罪名，并不予争辩。他保全自己，将有生力量做了敦刻尔克大撤退式的保全。要到历史走过很多年，这个地方的人才能认识到他的价值，以是他的同乡为荣。

面　　试

二〇〇一年，我去天津某报面试。一张长长的会议桌，那边坐着十数位衣冠楚楚的报社老同志及新闻学院教授，他们戴眼镜，表情沉稳，看着我，偶尔有人用笔敲打几下桌面，这边只坐着我，一位从江西来的县城青年。他们还没有问什么，我便被压垮了。我感觉我储备的东西——知识、信念、观点甚至是应试技巧——都被锁了起来。我在他们傲慢的注视下红了脸，手和脚不住颤抖。我浸泡在越来越浓的羞愧中，甚至想悲愤地站起来，拉开门就走，尽管我是从千里之外的地方偷偷跑过来的。我等着他们宣布这场面试的结束。

"假如在写报道时，内容与上头文件有冲突，你怎么办？"最终，完全是出于同情，一位女士微笑着问我。我和她对视一眼，看见她鼓励的眼神。我说："一切以事实为准。"很神奇，话说出来后，恐惧便跟随着一阵痛快的热汗跑出来了。我甚至盼望他们能多问一些问题。然而他们对视、点头，就由一位说："等通知吧。"

在返乡的火车上，我想到发生在自己身上的不公平，然而这不公毕竟是由自己招致的不是吗？我还想到那些扛摄像机的，兴许当他将机器对准某人时，就有了将对方当作玩物的想法。在县城初有摄像机时，几乎每个出现在它面前的人都是弱势群体，结结巴巴，语无伦次，观众都能看见汗清晰地冒出来。不久，就有了分水岭，那些善于舞蹈的人在镜头前舞蹈得更凶，而那些羞愧的人也变得更羞愧。

会有这样的对话——

记者："你认为这样做对不对呢？"

被采访对象："可能对，也可能不对，对吧，不对。"

记者（转向摄像机，眉头紧皱）："你看，都到这个时候了，他还没有起码的是非。"

被采访对象想说"不是这样的"，然而机器已经永远地走了。

模　仿

《午后》的源起

洛阳曹某讲，他有次看《洛阳日报》，被一篇报道吓着了。过了些时日，果然听说该报被批评，说你们怎能发这样的报道呢？曹某说那时候金超群演的包青天火遍大江南北，特别是河南，城里乡下，到处是歌声：开封有个包青天，铁面无私辨忠奸。然后就有那么一日，一帮六七岁的孩子去玩铡草的铡刀，将其中一个的脑袋给铡下来了。

——铡下来了？

——是啊，一刀就铡下来了。

N

南方的黄昏

男人的漏洞

内在的恐怖

女孩

女神

南方的黄昏

《小镇之花》的任务

在读完卡森·麦卡勒斯的一篇小说后，我想到我们南方小镇的黄昏。太阳已落下山，光明一层弱似一层。我们这些小孩子就像看见一艘巨轮在山后缓缓沉没，全身被一种无力感攫紧。在这类似死亡的寂寞时光里，大人们喝起啤酒，其中一位叫飞的青年应了同伙一个赌注，头也不回地走向邮电所益红的房间。益红是南方那种特别漂亮的女子，白而丰腴，又不太丰腴，瓷器一样矜持，而飞五短三粗，脸上长满可怖的粉刺，有些粉刺还在滴脓。

同伙认定飞会丢盔弃甲。但他们等了大半夜，却只等到寂静的虫鸣，因此他们异常担心地认定，飞强行将益红办了。他们作为同伙，可能要背上团伙犯罪、协同犯罪甚至是教唆犯罪（那样甚至是主犯了）的罪名。

次日晨，飞回来了，身上非常干净，却像满身血污的人一样，使同伙避之不及。他们想他是应该要背起背包逃跑了，可他却拿起镜子慢慢挤粉刺，还吹着口哨。那几天，人们都没看见益红。随后却是益红走到飞的单位，来寻找飞，她不是来兴师问罪的，而是羞涩地来，带着失身的羞涩。飞则大言不惭地将手搭在她肩膀上，蛮有面子地向大家展示。

这种事情在南方发生过很多回，这也不是第一次，因此大家度过了短暂的惊叹后，认为他们结婚是理所当然的。后来飞和益红像任何一对男女那样吵架、斗殴，每一次的开始都是益红爆发出强大的火气，到最后又是她像一头猪一条狗那样地认输，这个人高马大的女人认输了。类似于侏儒的飞无疑掌握了她的弱点，而且总是在战争的关键时刻捏了她这个弱点一下。后来益红生了女儿，无疑也继承了她的弱点，很小时便低着眉毛，不敢看人，孤僻得很。

因为这个弱点，很多南方的女人在黄昏时多愁善感，就像疯子见了油菜花时会发作一样，她们见了光阴一寸寸在黄昏隐没，就联想到自己的命运，掉下眼泪来。她们吃的是农业粮。

男人的漏洞

杨雄、石秀是兄弟，潘巧云是杨雄的妻子。潘巧云因有淫行，为石秀所不齿，因此潘巧云先向杨雄诬告，说石秀对她不轨。这是强悍的心理游戏，很多男人过不了这关。杨雄没过好，冷落了石兄弟，因此石秀要走。这是描写里极精彩的。

如果确如潘巧云所言，石秀动手动脚呢？那石秀就得跟杨雄讲潘金莲诬告武二郎的故事——“你说武大郎是相信兄弟还是相信女人？”如此或可脱围。后来人要是欺了友妻，又被告发给朋友，怎么办呢，就说你知道杨雄和石秀的故事吗？要不是后来潘巧云奸情自露，杨雄、石秀还能修成兄弟吗？所以啊，画虎画皮难画骨，知人知面难知心。

内在的恐怖

罗恩·拉什《艰难时世》

罗恩·拉什（1953— ），美国诗人、小说家，获得过欧·亨利短篇小说奖和弗兰克·奥康纳国际短篇小说奖。他有个短篇《艰难时世》，标题起得和海明威的《世界之都》一样大，但是写的事都非常小，写的只是经济大萧条长鞭挥及的末梢。梗概是：雅各布与哈特利都很穷，前者家里的鸡蛋少了几个，妻子怀疑是哈特利家的狗所为。一日，哈特利路过雅各布家，雅各布的妻子说："你们家的狗，是不是爱偷鸡蛋啊？"

"你为啥问我这个？"从哈特利的语气里，既听不出生气，也听不出辩护的味道。但是即使是在雅各布说"我不认为是你家的狗偷走鸡蛋的"时，哈特利还是说："可你也并不是百分之百确信。还是有那种可能。"这么说时，哈特利用食指抚摸爱狗的头颅，狗随之抬起了脑袋。雅各布还没来得及回话，哈特利就用刀刃切开了狗的气管。

此事过去后，失踪的鸡蛋数目却增加。雅各布与人分析，可能是大黄鼠蛇所为，决定回家用捕鱼的法子捕捉它。那日布置好陷阱后，雅各布去检查战果，却发现哈特利的女儿畏缩在角落，钓鱼线的另一头消失在她合拢的嘴巴里。“我们必须得把鱼钩弄出来，”雅各布像外科医生那样沉稳地处理这起事故，“这会有点疼，但只是一眨眼的事儿。”他就像上帝一样平静，充满怜悯，安慰着小女孩，甚至去检查鱼钩有没有生锈的迹象，以免对方患上破伤风。他用浸过松节油的手绢擦拭女孩嘴里的伤口，把小女孩抱起来，这时他发现对方手里还握着一个完好无损的鸡蛋。

“你没把鸡蛋带回家过吧，你总是在这儿就吃掉了鸡蛋，对吧？”

小女孩点点头。

“那就赶紧吃了它。”

作为这件事的结尾，雅各布只是稍微恐吓了一下她：“别再回来了。我会再放一个鱼钩到鸡蛋里，这一次鱼钩上不会再系着钓鱼线。你会吞下那个鱼钩，钩子就会撕开你的肠子。”

初读完时，觉得这是一篇感人的故事，来自成人的原谅与维护，来自穷人之间的同病相怜，等等，鸡汤。但是随后一两个小时，我走到哪里都会被文章所浮现出的内在的恐怖所惊吓。我想到一个词：爱狗。这喻示了哈特利与狗之间的关系，他在处决它之前还抚摸它的头颅，而后者驯顺地抬起脑袋。

雅各布可以将小女孩带回哈特利的小木屋，解释所发生的事情，但他记得那条狗的命运。他知道哈特利是什么样的人，在哈特利杀狗后，雅各布对妻子说："你为什么一定要对他说这些。"

"我咋知道他会做出这样的事？"

"你晓得这个男人有多么高傲。"

这其实是一篇极为黑暗的小说。我坚信在一些穷人那里有着过于自我提醒的自尊心，因为这蓄势待发的尊严，他们认为自我的高贵品行不容诋毁、不容侵犯。他们擅杀。雅各布无论展现出如何的温情，最终这个小女孩所回到的都是一个黑暗的深渊。雅各布内心所闪现的，绝不是那种廉价的对生计的哀叹，而是实实在在的对像自己一样的生命无端被击杀的恐惧。这就是穷苦所展现出的力量，艰难时世的冰山一角。

女　孩

在梦里，我编造了一个故事，准备当作礼物或者诱饵。我觉得这个故事一定能让她会心一笑。在梦里，今天，她穿着裙子。我仍然不敢拉她的手。但是今天她忽然说："你帮我介绍一个合适的人结婚吧。"这句话授人以柄，就像举着白旗献出自己的城池。我只要说一句话就可以成为她的国王。但是……话里面藏着杀机，不是吗？"好吧。"我说。我等待着下一次机会，和她继续行走。天色逐渐暗下去，因为远处的闪电，地面时而发亮。她对我使了个眼色，我很快明白，笑起来，就好像在考场上联手作弊，有着心有灵犀的快感。我们从纸屑飞舞的山坡走下来，弓着背穿过隧道，看见一间冒着热气的草屋以及草屋前新鲜的血流。屋内，几只小狗悲哀地叫唤着。它们的眼神里全是恐惧。我想它们是真的看见死神在步步逼近。死亡是巨大的黑影。我们走到屋后边，听着河流的声响。在这里，她坐下去，变得娴静，双手围着脚面，看着什么都没有的前方。我拿出准备已久的故事。然而尿意也来了。我在梦中对自己说："速去厕所，回来继续。"

然而醒来后，她和一切场景便像海，猛然失踪了。我坐在床上说："我爱你，我爱你。"然而她已永恒地死了，正如一个曾经存在过的人那样死了。永远地隐藏于地下、虚无。

在民间传说里，穷困青年偶然赢得与神的赌博，拥有财富、权势与美人。然后因为某种原因，他不可避免地回到不幸。当他看见手上不再是金砖，而是土砖时，他对现实的仇恨化成凄苦的泪水。

女　神

“像哈佛、牛津、早稻田，都是民办的。”他说。我想到他家的大收音机。在很多家庭的橱柜上，居中摆放的是彩电，那是电器之王。他家摆放的是红灯牌大收音机，用一块银灰色的布盖着，下边露出一截金色礼花图案以及四条木腿。当初购买时，价格相当于半头猪，抱进门，应是一件让人瞩目的事，如今却像是一块巨大的疮疤。作为他的女儿，她有着这种落魄贵族才有的自尊、傲慢与气短。他们是干净的穷人。“他们反而不去读公立大学。”他接着说，我便看着他女儿走进这间墙体灰暗、窗户生锈的学生宿舍。朝向我们的阳台拉着铁丝，挂满穷人家女孩的内裤、胸罩，甚至是卫生带，像是肉铺的后院挂满动物的脏器。在墙体中间刷了八个鲜红的宋体字：宽进严出，自学成才。

P

贫瘠之地

破败

贫瘠之地

在H乡待了一年零七个月后，我终于彻底地离开它。当随时都可能抖坏的吉普车驶至柏油路面时，我看见光明扑面而来，还有九个月就是新世纪，我终于从那个可以称之为涵洞、井底或者牢笼的地方逃出来了。我的父亲将站在县城的家门口迎接我，我不会告诉他我都在那里干了什么以及我可能再也回不来的事实。

我在H乡最后处理的事情之一是去看一具尸体。我已不愿干任何事情了，对那些跋涉十几二十里来派出所办理户口、身份证的人，我会从他们提供的材料里挑出一两个错误，让他们回去重新准备。我微笑着说："过几天再来办吧。"过几天我便永远地离开了。我放纵那辆不挂牌照的摩托车冲过街道，一个留着鬓角、长得好看的年轻人高昂着头骑它，一个同样长得好看的女人紧抱着他的腰，头歪着贴向他的皮夹克，闭着眼，看得出很幸福。我不愿打搅他们，而他们在派出所门口来回疾驰，明显是要挑衅。我去看的那具尸体伏卧在离村庄很远的一块田地旁，秋天收割完毕后，这里便没人来，霜打在稻茬上，后来雪将它们覆盖。是一条狗发现了它。狗对着它狂吠一上午，直到主人提着棍棒寻来。我和所长步行过去，脚步踩着雪地就像踩进泡烂的软木。所长说："有些事情要想清楚。"我想他是在提醒我不要伤害一个姑娘，也可能是在规劝我不要因为这个姑娘而毁掉自己。总之要做出一个负责任的决定。他开始讲自己如何与妻子认识，我们都知道她曾是农业户口，没有工作，性格急躁，他讲他们现在生活很好，因为爱。我知道这是假话。"你要打算和那个姑娘好，就好，不打算就趁早决断。"他说。

尸体身高不到一米五，像根冻僵的冰棍，方方正正，朝着一条逐渐升高的山路趴着。雪化成水，使它的短发显得更黑。它穿着一件破掉的棉袄，打着五颜六色的补丁。下身穿一条黑旧棉裤。颜面、手掌出现紫色尸斑，和我们冬天手冻伤了会出现的那种颜色一样（根据法医学的解释，如果用手按压，它们会暂时消退，压力解除后，血液回流，尸斑重新出现）。能想象在死亡后，血液由于地球引力的缘故，坠沉于尸身低下部位的血管。我们像是翻动石块那样将它翻过来，它硬邦邦地着地。一张平静的脸，嘴角有稀疏的汗毛，分辨不出痛苦还是安详，男还是女。所长蹲下来解它系在裤子上的布条，将裤子向下扯。在裸露的腰部，有一个深陷进去的森白小洞，我看见它俯卧的地方有一个石尖，能想象死者在将死之时是扑在这小小的石尖上的。只扯到一半，所长便拍拍手。“是个女的，”他说，“这里有妊娠纹。”我没看，那条狗又跑过来，像个孩子似的跳来跳去，所长对那报警的人说:“看好它。”

我们从她随身携带的物品判断，这是一个乞丐，要么是痴呆要么是精神病，但是知道春节这回事。她在大雪纷飞的季节试图回到出生地，这是一条通往邻省的小路，可能有四五里，也可能有十几里。谁也不知她从哪里来，走了多久。她倒在路上。而在属于她的村庄，灯火可能已经点上。这是我在H乡见过的唯一一具尸体。另一名死者，等我赶到现场时，他已经被人们从水里抬回家了。说起来他是个欢乐的人。当我骑着摩托车赶到事发地时，只在桥上看见一块碗大的圆坑，这是天神之拳猛然打下来的后果，它没有穿透钢筋混凝土桥面。因为暴雨，太多的水在桥下没命地奔流，就像它们自己也害怕被淹没了。我没见到自行车，据说它被打得变形了，就像被卡车碾轧过。这个叫功金的死者是名砌匠，我依然记得他在街上急匆匆跨上自行车的场景，他的左脚蹬着脚踏，右脚不停踩着地面，以使自行车获得启动的加速度。随后他弓着背，两腿大幅度地蹬着脚踏，屁股几乎要离开车座。天空的黑云越积越多，雷雨一触即发。“功金这么着急回去干吗呢？”路边的女人取笑他。

“嘿嘿。”

这是个欢乐的人。从他猛然意识到有雨后所发出的恍然大悟的表情看，可能他将某种不能经雨的东西晾在室外。雷电来到前，云层就像两辆黑黢黢的坦克相向行驶，发出“隆隆”的声响。我的同事S赤裸着上身向着街道后的河流走去，提着的桶子里放着要换的衣服、力士香皂与海飞丝洗发水。他一年四季都在那条河里洗澡，冬天会先蹲在水边，浇点水在身上，让它适应寒冷。我们都喜欢直接将洗发水倒在干燥的头上，浇点水慢慢揉搓，不像别的洗澡者总是先潜入水里再来倒洗发水。这是我们的态度：跟你们不同，城里人跟乡下人不同。“还去洗澡？不怕水会导电么？”我说。

“要死卵朝天，不死万万年。”他头都不回。

雷电太过猛烈，像巨钹在山野敲响，发出丝丝颤音，随即是突然熄灭后深刻的黑暗，随即又是巨爪一样伸过来的光明。死的是推着车在桥梁上奔跑的功金。闪电准确无误。从这天起我觉得天神是诗人曼德尔施塔姆在宴会上见过的契卡成员，正喝着伏特加，显然喝多了，把一沓空白表格放在桌上，正要随意填写逮捕或枪决的人。[1]为着这事，我在被窝里紧紧抱着姑娘，像任何一个被荒谬击倒的人那样许诺，我要好好照顾你，不让天神夺走你，我们要好好地生活，诸如此类。以后我会后悔不迭。

我是在一九九七年九月的一个傍晚来到H乡的。在这两个月前，我从省会途经地级市回到我们县（尽管在一九八九年它被国务院批准设立为市，但我还是认为这个只有四十万人口的小地方只配被称为县），当我从省公安专科学校拖着行李出来时，穿着白背心的门卫从常住者那惯有的瞌睡中醒来，招呼他痴呆的儿子，后者翻着白眼，笑嘻嘻跑出来，推上铁门，将它闩好。城市坚固的摩天大楼及生生不息永远旋转的霓虹灯像幻梦猝然熄灭。我自感命不如白痴。而现在县公安局要将我分配到一个我都没听说过的乡下，它距县城六十七公里，处在县的西北边界，同时也是江西省的边界。“那个乡很大，人口很多。”我的父亲认真想了一会儿，很有把握地说。我坐着派出所的吉普车花了一下午才到达那里。一路上每停靠一座集镇我都觉得到了，但其实是它需要进修理铺。它就像酒鬼每天大口喝着汽油然后瘫倒在路边，累计起的修理费都可以购买一辆新车，但

1 北岛：《曼德尔施塔姆：昨天的太阳被黑色担架抬走》，《时间的玫瑰》。

派出所永远缺一笔一次性购车的现金。

司机不爱说话，额头上长着一块红色胎记。他能从事这仆人性质的工作，是因为他姐夫的面子。他姐夫当初在乡下派出所上班时和隔壁的裁缝好上了。裁缝是司机的姐姐，一个农业户口，司机也是。每一名农业户口的眼光背后都隐藏着深刻的忧郁。他们面对城镇户口就像早期的黑人面对白人。而就在最近，在我已经三十六岁时，我才猛醒过来，我之所以无法顺畅地向第一个爱上的姑娘表达爱意，不是因为她在性格、气质上有什么让我害怕的地方，而只是我怀疑她知道我曾经的身份。在考上大学前，我是个农业户口，一个住在县城的农妇的儿子。吉普车沉默地驶入H乡的街道，那个原本让我以为挺热闹的地方，没有一寸柏油路，因为下雨被车碾过，地面隆起很长的土块，而那些看起来平整的地方则布满石尖，时常割坏自行车的轮胎。整条街不足一百米长，分布着土管所、粮站、信用社等几个单位和几间卖菜卖肉及日用百货的店铺，有一家由农业户口经手的邮政代办所、一个靠汽油桶开起来的加油点（每当有车加油，老板便将胶管插进桶内，将汽油吮吸出来，接进油箱）、一家理发店、一张台呢严重缺损的台球桌以及一间由民居改建成的餐馆（它没有招牌，也不需要招牌）。派出所创建时曾借用餐馆的二楼办公，现在用的是信用社的老房子。就是这样一个几步走完的街道，是这一百平方公里的都会，据说有人花费一生才跻身于此。而对我来说，它是我失事的命运之车一路翻落的谷底。晚上九点后，街道漆黑，空无一人，我走进分给我的小房间，懒得打开行李，像只青蛙坐着，持久发呆。远处河流传来哗哗的响声。他们将在明天轮番向我炫耀这是一条自东向西流长达十五公里的河水，而世上的河水都是自西向东流的。我想这是无聊人才拥有的趣味。

我在H乡没有碰上一起刑事案件。没有强奸、抢劫、杀人。我们唯一的任务好像就是为着让自己体面地活下去，要让餐桌有肉。白天我们无所事事，端着一杯开水，就着阳光，将一张报纸看一个上午，应付一两个前来办事的人。晚上十点或十一点，我们钻进吉普车去往某个村庄，在距离它还有一两里路时悄然熄火，步行过去。我们互相提醒不要穿皮鞋，因为皮鞋踩在沙地上的声响很大。大部分人家早已关灯睡觉，那没关灯的可能在打麻将。我们凑到门前谛听里边的响动，一听到算钱的声音便踹起门来。我们就像猎人，总是在合适的时间出手。晚一分钟或者早一分钟都可能失误，因为人家会说他们只是娱乐而没有赌博。我们经常带着这些猎物回来，对他们课以罚款，罚款上缴给财政部门后会按比例返还回来一些，这就是我们的收入。我们的经费总是紧张，汽车的燃油费修理费、联防队员与司机的工资、饭钱米钱，甚至我们警察自己工资的一部分都需要想办法解决。我们也经常空手而归。吉普车载着我们充满希望地出去，又载着我们绝望地回来，白白烧了汽油。就像可怜的渔民非但没有捕到大鱼还丢失了用最后一笔钱买来的网。

一九九八年一月十三日，在距离春节还有十五天时，仅仅为了四百元罚款，我和另外一位民警以及一名联防队员，按照指令，去一个海拔五百米以上的村庄。吉普车开不进去，我们走了两公里的小径才到达，我们轻松抓获那从外地回来的赌徒。我们就叫他泥鳅吧，因为当初抓赌时就他一个人溜了，害得我们又要跑一趟。我们押着他走在羊肠小径上，在岔路口，这厮趁着雨天路滑，挣脱我们，又跑了。不一会儿就跑到几十米外。我们站在原地目瞪口呆，就像让一条鱼从手里溜回到水中。两回了。“站住，否则我开枪了。”我喊道。他停住，缓缓转过身来。因为距离过远，我实在看不清他的细微动作，我想他应该颤抖了，带着那种死亡来临的惊恐。直到确信我举起的只是一根右手食指，他才继续跑了。二〇一〇年八月二十三日，在试图解救二十二名香港游客时，一名菲律宾警察也曾举起右手食指。那张照片被传播至全世界。我想在一些没有配枪的警察身上都存在这种郑重其事的滑稽。一九二二年，艾里克·阿瑟·布莱尔（乔治·奥威尔）来到缅甸当警察。为了不想在两千余名围观的当地人面前显得像个傻瓜，他举起步枪笨拙地射杀一头曾经惹事但现在很温顺的大象，他本意并非如此。[2]而为了不想在一万七千名H乡居民面前丢掉面子，我们在返回到吉普车停靠的地方后拿上手电筒，重回他的村庄。泥鳅当然不在。这时，我们因为恼羞成怒犯下一个极为愚蠢的错误：将他带回家过年的四川女朋友带走。

我们梦想将她带到派出所，然后他前来自首。一人换一人，一个男人换走他的女人。

我们以为带走一个女人会很简单，现在想起来我们真幼稚啊。她倒在地上增加拖动的摩擦力，只要碰到生根的物体便用脚钩住，足足弄了好几分钟，还没有将她请出门。为着让事情进行得顺利点，我们举起手电筒敲打她，从这时起她表演濒死状态：口吐白沫，说胡话，时而急喘就像那是人生的最后几口气。这会儿我们感觉到事情真麻烦，却因为面子不能就此终止。我们进入了事情的黑洞。一村庄的人将我们围住，他们手持棍棒、竹竿、柴刀，也有的拿着扫帚。其中一位壮汉拿着柴枪（这是担柴的工具，两头削尖，包着半尺长的硬铁，村民在挑柴前总是先将柴枪用力刺进去，原本的黑刃因此变得又白又亮），

---

2 周濂：《射象者布莱尔》，《你永远无法叫醒一个装睡的人》。

他愤怒的鼻息喷在我们脸上。“大家冷静。”我不停说话，但脑子一片空白。最终那躲起来的泥鳅高举着菜刀冲过来，带着审判者的决心，喊：“说，为什么打我的女人？”人们闪开一条路，眼看着他一刀刀剁向联防队员粗壮的胳膊。我们（既包括派出所的人也包括当地人）全都吓坏了，僵立住，直到联防队员夺走菜刀一路狂奔，骚动才得以恢复。泥鳅是用刀背剁的。后来联防队员在检查时发现皮下出现血肿。我落在后头，在快步走。我看见同事们对视一眼，然后像哑剧演员不能发出声音将全部的认真与努力都用在肢体上，奔跑起来，跑得泥块飞扬。他们逃亡的风刮过我。“你别猖狂，你的罪证在这里。”在跑到安全距离后，联防队员挥舞着菜刀大喊。村民们疯狂追上去，直到现在我才懂得，谦逊的他们要追的只是一件物证而不是什么人。他们并不懂得多少法律，以为凭借菜刀便能定罪，可能要坐牢，说不好还会枪毙。我仍然在快步走，双脚始终不曾同时脱离地面。该死的，这时我仍然在想我穿着一件制服，而一个穿制服的人不能像老鼠那样惊慌逃窜。那些追赶的人像洪水涌过我，跑到我前边去，当他们返回时，才看见我。很难形容他们的表情，极度懊丧，心如死灰，然后得到一笔意外之财。我被几双手捉着胳膊推回到村庄，天色暗下来，像井口逐渐被盖严，我仰着头，默念最开始爱上的姑娘的名字：meimei，meimei。她永远都不会理我，她是没有门窗的城堡，可我心里只有这么一个依托。我就要死了，meimei。

他们恐吓我很久，逼我签下保证书。直到今天我还认为他们是善良的。也许不是善良，而是一种老鼠式的胆小怕事。这就是泥鳅为什么用刀背而不是刀刃剁人，也是他们让我签保证书以证明我们抓四川女人是无理行为的原因。他们并不想因此让事情变得万劫不复。他们联系到在省里工作的一位本村人，由他出面联系县领导，使事情到此为止。

大多数时候，我不知如何安置在H乡的时间。天气温暖时，我会去河里，头靠在河坝的水泥上，任身体浸泡直至发皱。我在睡不着的时候写情书，我说不清楚到底是否还深爱那个女孩，我曾经的高中同学。反正，她要是和我好，我不会反对，而她继续不理我，就是永远不理我，也没关系。我只是要在夜晚寻找一个说话的对象。我总是隆重地写："为了你，我毫不怜惜地将自己置放于爱情的祭坛，燃烧得吱吱作响，为你报废、牺牲。"有一晚，正这样写时，录音机出现一段堕落而痛苦的独奏，三四秒长，就像有人从瀑布上掉下来，心灵出现巨大的失重感。我鼻子发酸。在我就要陷入哭泣的快感中时，歌声戛然而止。接下来的一首极其欢快。因此我匆匆地倒磁带。有时倒多了，有时倒少了。等我重新找到那段独奏时，仍旧有着悲伤，却不再撕心裂肺。当我第四次重新听它时，发现它和别的旋律没有区别。为着延续这难得的悲伤，我采用在学校军训时学来的办法，睁大眼睛看着灯泡，一动不动，不一会儿，因为眼眶发酸，一颗硕大的泪水滚涌而出，我赶紧取来信纸接住。它像春天的第一滴暴雨，砸落得那么有力，但是只有这么一滴。情书一封也没有寄出去。所有和我一样在这个乡工作的外地年轻人，都变得空虚无聊，我们在一起长时间聊天，喝酒，谈论着遥远的城市和近处的绯闻。我们将自己灌得酩酊大醉。在夜晚单位后院的菜地里，总能听见我们的呕吐声，我们将食指探进喉咙，像钩子一样抠挖着那散发着化肥般呛人气味的黏稠物，我们像狼一样叫着。有一天晚上很热，因为没有找到吊桶，喝醉的S四肢撑着井壁，一步步挪移至井底，自己捧起水喝。然后用了很久才回到地面。还有一个晚上，我们这些年轻人在一股旋风般的激情驱使下，找来转灯、录音机、带舞曲的磁带，跑到乡政府大会议室，推开桌椅，跳起舞来。我们大概跳了半小时，被一位乡领导制止，这让我们很恨他。最终我们觉得自己很穷：拥有无尽的时间，双手却一无所有。我们每个人都穷得只剩下性欲，像是一头埋着头嗅来嗅去的动物，被想象中的情欲气息驱使。

我在这里和两个姑娘好了。每一次好之前，我都正告自己：女人那里是个夹子，日一次就夹住了，从此负担一生。有太多前车之鉴。我们很难将这样的姑娘带回到县城，告诉父母和朋友，这就是我的妻子：一个乡下姑娘。但是人很难管住那蠢蠢欲动的东西，为了它三到五秒的快感，人们看着自己一步步滑向深渊。第一个姑娘给我写了个纸条，说再也不想和这样的我在一起，我将它保存起来，以免她反悔。而第二个姑娘就没那么好，她每天帮我铺床，将脏衣服拿走洗掉，关心我吃什么。她很爱我。而我只存在那像刀子一样割着自己让自己痛苦的性欲。很长时间内，我都觉得自己挣脱不开这温柔的陷阱，从此要和她在一起，生儿育女，像只青蛙在井底老死，我很难说出口：我们分手吧。或者，我不喜欢你。

她叫L。她从北京打工回来时穿着一件漂亮的风衣，像一朵花靠在墙上，阳光照在她洁白而略显丰腴的皮肤上就像照向一团雪。几天后她的理发店开张，这让原先的理发店失去了竞争力。我们自然而然好了，在一个太过光明的日子，相约去山野里散步。油菜花开满山坳，整个世界被茂密的黄色填满。她的父亲是本地人，在某个单位工作，而母亲则是农妇。她没有工作，看起来一生也不会有，她只能做生意。有一天她带着神秘的欢喜告诉我："我也是城镇户口。"不知为什么我心里起了太大的悲怆。很多农业户口最后都买了一个城镇户口，只为着不让孩子延续自己的命运，我好像看见一个黑人在欣喜地告诉我："现在，我终于也是一个白人了。"

我还是没办法将你带回县城。我看着她一言不发。在我们相处的最后阶段，她把理发店里的大镜子搬到我房间来，把我吓坏了。

"你店也不开了？"

"是呀，我总是想你，我不开了。"

我抱起镜子往理发店走，她跟在后边哭，大叫"你不要我了"。街上的人看着我，我说："要！要！要！"我真想将她狠揍一顿。但最后我心软了，我没见过一个人流眼泪流出这么多，流得脸瘦了一半。但是当我的房间和床铺重新散发出她所带来的芳香时，我又坠入懊悔的深渊，我就要和这样一个女人，永远地，一辈子地，过下去。我开始不愿意和她说话。

她说，起来喝杯水吧。

我说，嗯。

她说，快凉了。

我说，嗯。

她说，我喂你喝吧。

我说，嗯。

她说，你倒是张开嘴啊。

我说，嗯。

她说，你怎么啦？

我说，嗯。

她说，你是不是不要我啦？

我说，嗯。

最终，这个年少不懂事的姑娘听从一位熟人的建议，用最后一个手段来挽救这冰冷的爱情。她一连数日，坐上一位打工归来的年轻人的摩托车，将头贴靠于他背部，温柔地闭上眼，跟着他一遍遍地在这不到一百米长的街道游荡。我按照惯例坐在派出所门口看报纸。这是一辆太子摩托车，无级变速，电子打火，隆隆地响，比派出所任何一辆摩托车都高级。所有街上的人，商户、顾客、无聊的人，都看着这辆没有挂牌照的摩托车大摇大摆地在派出所门口通过。在过去，所有这样的摩托车都会被扣留，进行处罚。

我焦躁不安。害怕有事情发生，又期待它快点发生，像小孩子必须打一针。我脸上露出痛苦的表情，所有人都看见了，一个警察的女人跟着一个年轻人了。我一直坐着，直到后来沉默地走进去，关上大门。最后一夜，所长像父亲看着即将远去的儿子那样慈悲地问："要喝点么？"

"不。"我坚决地说。

我草草吃过饭，将行李扔上吉普车。S走过来，说："多亏了我。"

我说："是啊，多亏了你。"

我知道是S给她出了馊主意：让他吃吃醋，你让他吃醋他就会对你好了。吉普车驶出派出所后院时，我担心她会拦在街上。但直到它悄无声息地开出街道，她也没出现。这是一辆惯于抛锚的破车，每当它像重病之人那样急喘时，我都担心她和那辆摩托车追上来，对着我狂问："你走了，我怎么办呢？我怎么办？"

好在它一直坚持没有熄火，逐渐开远了，远到我觉得她失去追赶的决心了。当它驶上柏油路面时，天已黑完，我却觉得光明大把大把地扑过来。我终于从世界尽头回来了。几天后，我在县城接到她的电话，她只是哭，说有多爱我之类的话，而我说，谁让你和别人好呢。她哭得更厉害，我都能想象她在那边不停地摇头。她一边摇头，一边哭，不，不是这样的。

"那是怎样？"

"骑摩托车的是我表哥。"

我猛然顿住，但很快还过神来，开始说一些不着边际的话，它们没经过大脑，直接从我嘴里飘出来。我不再害怕她的纠缠，也不再心软。我们的故事到此为止。

破　败

毛姆《红毛》

这篇故事的魔力在于它让读者像驴一样走了一个圈。

文章一开始，毛姆设计了一个替代读者的人物：作为听者的船长。船长在航行途中停歇，战战兢兢走过独木桥来到岸边，见到白人尼尔森。尼尔森给船长讲了一则他听来的故事（故事是商人讲的，当时尼尔森在这座岛上养病）：有一位完美的白人青年，唤作红毛，偶然来到岛上，遇见同样完美的土著少女萨丽，迸发出像畜生那样单纯的爱情，从此难分难舍，但有天红毛厌倦了这里的烟草，他想用作物去和行船上的人交换猛辣、有味道的烟草。他这么去干了，却在缺乏人手的行船上被灌醉，被拐走了。从此萨丽在独木桥边绝望地等待红毛归来。

尼尔森接着又讲他和萨丽的故事。他同样受到萨丽美貌的诱惑，同样迸发出难以遏制的爱情，但他远远不如红毛，他夺不走红毛在萨丽心里独一无二的位置。尼尔森费尽心力得到萨丽，但是幸福稍纵即逝，因为萨丽虽然交出肉体，却始终关紧心门。尼尔森为此苦恼、愤怒，然后这种情绪在岁月的浇洗下逐渐平淡，萨丽等待红毛归来这一举动也逐渐成为尼尔森生活的习惯之一。

尼尔森从来没见过红毛，红毛是他心里的谜。这时在毛姆笔下，代表读者来倾听故事的，那肥胖、粗鄙的船长突然分身而出，说："他妈的已经这么久没有听到我的名字，我自己也都快忘记了。不过，三十年来在这一带的岛上，人们一直管我叫红毛。"故事到这里好像画好了一个圈。红毛给商人留下一故事，商人给尼尔森留下一故事，尼尔森又给红毛留下一故事。在这个圆圈旋转过程中，被捆绑在红毛身上的读者最终被甩出时空隧道，手中只剩一件扒来的船长衣服。读者恍然大悟，这个老头要是随随便便散步，怎么会散到这里来呢？很多人掉下独木桥，为什么这个老头没有掉下去？

最后的结尾是：胸脯肥大、头发灰白的土著妇女出来，她对着红毛冷淡地扫了一眼，径直走出去。她已经不认识内心那个红毛了，然后是红毛拒绝吃饭的邀请，头也不回地走掉。尼尔森回到饭桌，但在这里他心里只感到轻蔑，他的耐性终于消耗尽了。

“刚才那个人来干什么？”她问。

“他是一艘纵帆船的船长。他是从阿皮亚来的。”尼尔森说。

“啊。”

“他给我带来了家里的消息。我大哥病得很厉害，我必须回去。”

“你会去很久吗？”

他耸耸肩。

Q

凄惨

浅松绿

情感词汇

情境

凄 惨

劫匪将四支铅笔插进
一对夫妻的双目
他们既无法看清他
也无法追赶他

在这个中午就突然到来的黑夜
丈夫，那可怜而富有责任感的中学教师
在他们度过一阵抽搐式的痛苦后
拉住妻子的手，说：
就让我们好好享受这还在的暖光吧

就像乞丐在冬天来临前
用掉最后几个子儿

附：

酷刑

听说过吗

用一张干净的A4纸

将一只鼓起的年轻人的眼球

割出血来

浅 松 绿

喜欢一个女人，就会喜欢她的眼睛、鼻子和微小疤痕，以及她听的歌、居住的浅松绿色楼房。我也是这样。我觉得没有一种颜色比浅松绿更适合出现在梦境了。

情感词汇

是银窗铜墙永固牌铁锁。是阴风冷雨水墨街巷口吻鲜红。是割裂的伤口。是飞机失事服毒身亡。是癫痫发作。是倒塌是废墟。是惨败——清晨，看见黑铜色的山脉在奔跑——那一束昙花大器晚成。拥有一部艰难的编年史——“等你以后回来”——聋哑的鱼，恐惧的眼，满手的鳞片。在梦中，禽类飞舞，醒来一地羽毛——那一列火车自人工湖上驰过。每个人都在这个夜晚被分成两半。一半在县城烈士墓，一半在纽约——清教徒——嫩得发光——冬日的眼神如雪暴，压低松枝。碎掉的坚贞与来世——破败不堪啊，几年后，得意时仿若昨日。

情　　境

某个夜晚，埋在地上的探照灯，照亮蒙蒙细雨，近处的湿草显得过分的清晰。我坐在一把大伞下，试图追求一个人。对方是什么人，你就会经历什么情境。我还没开口，在两把大伞之间，在我仰首之处，显现出一片青天，一架飞机越飞越高。

R

人群

人　群

人群始终保持着动物一般高深莫测的面孔以及低智商。用什么办法可以让它顷刻间像水牛一样狂奔（充满愤怒、恐惧与鱼死网破的决心，尘烟滚滚，大地被践踏）？这是喊话者的唯一任务。很少有人将喊话视为一门艺术。一个喊话的不会被当成一个孤胆牛仔，主宰整个草原的生态，但事实如此。他们驾驭着人类。他们从不向这愚蠢的物种宣战，尽管有一些同仁阴差阳错丧命于人群震怒的马蹄，但多数时候，他们成功地将这庞大而恐怖的力量引向他们想要的地方，摧毁他们的敌人，同时摧毁人群本身。他们任务的核心是找到一个词。这个词必须像点燃老鼠尾巴的火苗，必须触怒它。为了找到这个词，他们绞尽脑汁，不停探索和尝试，他们对自己所面对的物种胸有成竹，它们总是管理不好自己的酸楚、委屈和愤怒。他们只为找到一个简单明白的词，将它们内心全部的情绪拉扯出来，给它们看，同时让它们牢记。为富不仁。掠夺。都是因为我们穷。帝国主义。等等。他们中的拙劣者很快就被人们识别出来，而高深者成为几代圣人。

S

色胆

煽情

稍等片刻

身外之物

声音

时间表

诗句

失落

失踪

殊途

双层推进

睡美人

说谎

私家侦探这碗饭

死例

死期

死亡的价值

色　胆

安徽屠某讲：曾有霸王，每日打电话勾引一有夫之妇。某日，电话被后者丈夫接到，霸王不改语气，说，唤你老婆来接。那做丈夫的越想越气，提着老婆就来见他，说，你不是要吗，给你。众目睽睽之下，霸王猛拍胸脯，说，得了。

在《聊斋志异》中，《青凤》一文也是讲大色之人。

“得妇如此，南面王不易也！”

“得一握手为笑，死不憾尔。”

“刀锯斧钺，愿身受之！”

煽　情

大部分作者不能安然避过。仿佛远处有一阵催动脚步的交响乐。啊，这是召唤。所有人巴望的眼神和随时掏出的手帕：兄弟、母亲以及流血的青春。是血液奔涌带来的快感使人群像行淫一样鼓掌。每个人赤条条毫无羞耻且自命高贵。

有的作者主动跳进这煽情的陷阱。苍蝇甘于被糖纸粘住。撒娇式地扑动翅膀。

仅仅是农民种了一辈子茂盛的稗草。

有的作者落笔前已经看见读者的泪花。他看见的所有读者都是一只随时要被扎破的水袋、一群处在发情前夜眼神呆痴的食草动物。只需轻动笔锋，它们便开始不可抗拒地战栗。于是它们接下来的写作都变成明目张胆的抢劫。

这样的无耻之事，过去干，现在干，未来也不能确保不干。这样的事总会干，但不能不警惕自己。

稍等片刻

他们每次都是单独见面，都开始于他的尾随。“你烦不烦啊？”她说。有时她会认真地说：“我会去派出所报案。”有时他很无耻：“你去报案吧，把我关起来才好。”这是表象。其实他承受的尊严上的伤害亦有限度。他想作为这件事的结局，应该抽她一嘴巴。一直没抽，是因为根本下不了手。今天，县城转角的灯昏黄，她的影子比电线杆还长。她冷若冰霜，严厉地说：“你到底想怎样？有完没完？”他看得出那种嫌恶。这时他怎么也管不住自己，想大声斥责对方，但他知道没用，也没意思。他看见她嘴角的冷笑，唯一的念头是转身而去，头也不回、脚步铿锵地离开。“去你妈的。”他应该留下这么一句话。就是因为口吃，一句话没理清楚，他试图说得更清楚更有力点，就这么稍微等待了一下，她忽然脸一沉，冷漠地说道：“好吧。”

“什么？”

“好吧，跟谁不是跟。”

身外之物

太监抚摸着新款手机，在阳光下举起它。这是超薄机身，造型完美。“如果你久久地看着它，一刻也不离手，那么你就会觉得它是天造神物。”他说。

“它延长你的生命，”他接着说，“你们都知道，太监成为太监时，肉身中最重要的部分之一便会被切除。因为这个，很多事变得毫无意义。你们也一样，你们得接受身体逐渐衰败的事实。如果你只关注身体，那么身体便能在很快的时间内击溃你。你会觉得大多数的器官，除开造反，除开羞辱你，别无用处。死亡的意识笼罩着你，令你无力。这时，我们通过身外之物达到某种平衡。就像房屋将倾，我们到旁边的水泥房避难。身外之物能够稳定我们的身心。金子和玉器能使我们忘记衰竭的肺部。它们就像慈悲的母亲，收留我们，使我们多少有一点存在感。”

声　音

所谓的金钟罩只是一层薄的蚊帐。所有的声音都可以进来。声音并不谦卑。刷牙的声音、搅动水杯的声音、肠子蠕动的声音、放屁的声音、换台的声音、噼噼啪啪敲打键盘的声音、被卫星叫醒的电话的声音、年老的野兽趿着拖鞋行走的声音、高举着温情脉脉旗帜永不疲倦永不罢休的声音。一个声音繁衍十个声音，一万个声音一万个准确的方位。而房子只有那么大。所有的声音，装修的声音（那钻在墙体如泣如诉有如奸污母亲后的忏悔的声音）、摩托的声音女人尖叫的声音（从她的声音里都能甩出汗珠来）、男人不怀好意的声音，以及遥远澡堂有规律的打鼾的声音，像乌鸦密集飞来的声音像刀子一样的声音，刺客一样的声音。

时 间 表

《意外杀人事件》的任务

1958年

——某日：赵法才出生；

1973年

——某日：艾国柱出生；

1994年

——某日：狼狗殴打欧阳小风；

——某日：人工湖开始建造；

——某日：于学毅暗恋上李梅；

1997年

——某日：火车站建成；

——某日：狼狗的妻子改嫁他乡；

——冬天：火车脱轨；

1998年

——某日：狼狗在黑社会竞争中输给欧阳小风；

1999年

——夏天，金琴花义捐埋尸费；

——某日：何水清与女老师沫沫私奔，三个月后返乡，女方自杀，何被贬至公安局档案室；

——某日：于学毅扎伤程艺鹤，进精神病院；

——暑天：小瞿在人工湖救助三溺水小孩，当年，兰慧嫁给小瞿；

2000年

——春天：狼狗探病成为怕死鬼；

——春天：于学毅从精神病院出来，每夜到求知巷花坛静坐；

——4月：李继锡自贵赴粤打工；

——8月29日（夏末的一个夜晚）：赵法才和渺儿被捉奸；

——8月30日：赵法才开始坐在朱雀巷的石上，实施慢性自杀；

——10月初：雷孟德到达小瞿家；

——10月7日：青龙巷算命先生交代金琴花不要出门；

——10月7日下午：李继锡讨薪成功；

——10月7日夜晚：李继锡将被褥寄放于老乡处，并将钱做上记号，捆死在腰部；

——10月7日夜晚：于学毅做梦，梦里有个白袍男人等待他死亡；

——10月8日早上：于学毅将早饭舔干净，向母亲讲梦；

——10月8日早上：李继锡卖掉破烂，买到硬座票；

——10月8日中午：李继锡到达鱼镇火车站，遇见一对男女；

——10月8日13时：李继锡登上火车，再次遇见那对男女，并有一系列的情绪紧张；

——10月8日13时：赵法才下棋；

——10月8日13时：金琴花做白日梦；

——10月8日13时：狼狗在弄午餐；

——10月8日13时：艾国柱到文亭宾馆买火车票；

——10月8日13时：于学毅在择菜；

——10月8日13时：小瞿擦拭气枪，和雷孟德聊天；

——10月8日下午：金琴花没有出门，洗衣，做鸡蛋面；

——10月8日下午：兰慧对小瞿说雷孟德手脚不干净，小瞿找雷孟德算账，被雷说服；

——10月8日19时：狗劲嫖宿金琴花，巡警大队抓嫖，捉走金琴花、狗劲；

——10月8日19时：李继锡将钱交给列车员保管；

——10月8日19时30分：李继锡跳火车，走进红乌镇；

——10月8日19时30分：赵法才提着酒瓶去找朱雀巷的石头；

——10月8日19时30分：金琴花被带到公安局指挥室；

——10月8日19时30分：报假警的电话打到公安局指挥室；

——10月8日19时30分：狼狗从饭后打盹中醒过来；

——10月8日19时30分：何水清邀请艾国柱到白虎巷一坐；

——10月8日19时30分：于学毅在洗碗；

——10月8日19时30分：雷孟德忍受不住燥热，想动手强奸兰慧；

——10月8日20时：艾国柱和何水清在白虎巷喝酒，公安局司机小刘过来取走两根烟；

——10月8日20时30分：金琴花被带到巡警大队审讯；

——10月8日20时45分：李继锡找到公安局指挥室，公安局司机小刘和“我”都在；

——10月8日21时：雷孟德欲强奸兰慧，引发与兰慧的战争，小瞿出手相助，兰慧大败，兰慧离家，雷孟德借口买烟，也离开瞿家；

——10月8日21时45分：李继锡再度回公安局指挥室，求助无门，走进好再来超市；

——10月8日22时："我"在等待下班；

——10月8日22时：赵法才去超市；

——10月8日22时：金琴花回家去取钱交罚款，号啕大哭；

——10月8日22时02分：走到超市的赵法才遇李继锡被杀；

——10月8日22时04分：因悲伤走错方向的金琴花遇李继锡被杀；

——10月8日22时06分：锻炼身体的狼狗遇李继锡被杀；

——10月8日22时08分：替何水清去买烟的艾国柱遇李继锡被杀；

——10月8日22时10分：听到喧闹声的于学毅遇李继锡被杀；

——10月8日22时12分：出门找雷孟德的小瞿遇李继锡被杀；

——10月8日22时20分：李继锡在城郊无定村被抓获。

思　路

广东鱼镇一间工厂的民工李继锡，与千里外红乌县的六位子民并无瓜葛，就像月球上的石头和太平洋的鱼没有联系。李继锡艰难地从老板那里讨到薪水时，这六名红乌人像齿轮一样继续着自己自弃、天真、惜命、追逐、空洞、欢喜的生活。李继锡携带三千元上火车，因过度紧张得旅途精神病，将三千元托付乘务员保管，后又担心可能的小偷报复，仓促跳车，恰好跳入红乌县境内。他被当地公安局告知，应该去找铁路派出所报案，但他并未找到铁路派出所，在二次找当地公安局报案未果后，他上街行刺，恰杀死那六人。

故事源自一起真实案件。当时做警察的我冲到医院，看见一位同龄人干干净净地躺在病床上，死着，我悲伤而激动地给当时的女人打电话，要对方好好地活。这是荒谬第一次降临县城，就像一颗原子弹突然从空中掉下来。在虚构小说里，李继锡的角色应该是一种钦差。他像卡利古拉，作为真相的使者，杀害赵法才、金琴花、狼狗、艾国柱、于学毅、小瞿，这些人是商人、小姐、黑社会、干部、情圣和白痴，是人类的多样表现。在写这六个死者时，我就近寻找了我身上六种不同的性格特点。

手法参考

《“911”后面的历史》，这是朋友在二〇〇四年送给我的生日礼物，是德国明镜周刊策划的关于“911”的深度报道。报道采取10、9、8……3、2、1的倒计时手法，交代恐怖分子在“911”前两年直至“911”当天八时四十五分都在干什么，是怎样把行动一步步推进的。节奏时快时慢，然后突然不可抑制地奔向事件的旋涡。文章采取时间分段，选取双子大厦擦窗工、恐怖组织驾驶员、打手等多种角色，进行同步叙述。虽然我们已经处在历史之后，读来仍有风暴将至的紧迫感。

诗　句

二〇一三年十一月二十八日我接到宋君的信。宋君十二年前因摔伤致言语不利。信中云：

我得赶紧和你写信。我是被严重的焦躁弄醒的，然而醒来也无济于事。我极力回忆，仍然无法回忆出那遗失掉的两句。一共有三句。它们的格式是：为着使……/为着使……/（空行）/伊，为了……最先冒在脑海中的是第三句，我记得是一个成语，成语入诗会显得隔，然而独独这个成语在这种情形下不隔，而且只能用此一次。紧接着是第一句和第二句，它们就像是从食品生产流水线里吐出来的一样，咔嚓一声就印在我脑海里。我记得当这三句统一出现时，我看见一种幻灭的寂静，仿如雪逐渐盖住子夜黑色的脚印。然而就在我准备向朋友（我正在他家做客呢）炫耀时，它们开始消失。我向他索取笔纸，我以为只要手中有笔，它们就会自动流出来。后来我开始怨怪朋友的粗鄙。他给我的便签硬得像牛皮纸，笔也老是断水，笔尖断过，写出来的字又大又丑。什么样的人用什么样的工具。梦是如此清晰，我记得他的母亲也凑过来一起帮我回忆，还说："别人老说你的文章写不下去，我今天才知道，你对自己的文字很负责任。"我并不需要这样的表扬与安抚。我长时间在便签前苦思，只做了一件事，便是将第三句开头的两个字"铿锵"修改为"伊"。我说不出修改的理由，只是觉得合适。合适是诗句唯一的追求，甚至可以说是所有文字唯一的追求。我曾经拥有三句极为合适的诗句，它们单独列出来并不迷人，甚至于太雅，因太雅而俗气，然而这样排成三行时（准确地说是四行，包括一列空行），却意外的朴素、单纯与空灵。但是，我将它们中的两句遗失了，而且是不可逆地遗失了。现在我可以确定，我再也找不回它们。那种遗失的痛苦就像你卧在楼顶，一只手紧紧抓住空中亲人的一只手，然而慢慢地，他只剩下三根手指、两根手指、一根手指，你们在一起想办法，试图将他拉回来，后来仅仅只是盼望能拉住他，但是地心引力，那平时并不常感觉得到的巨大力量还是将他拽了下去。我的手空空如也。我曾承受过一百四十斤的重量，掌心被勒出道道红印，然而现在空空如也，只有风吹拂着我因过于用力而僵硬的手指。我没办法安抚这失去的遗憾——我感觉上帝在将所有的荣耀赐予我的同时又收走它，就像他意识到自己认错了人一样——因此匆匆给你写信。这第二句是：

为着使一粒雪扑落于水中。

失　　落

一个人在夜晚突然发现秘密，他看见几十光年之外的星星。他看见，而中间没有任何阻隔，视线所及，是一段匪夷所思的距离。可是当他发现身边的牛也这样看时，心里涌出一股很没意思的酸楚。就像一个城里人发现乡下的亲戚也可以看电视。那电视并不为他所独有。

失　踪

路过德胜门，有人敬烟，讲一事：湖南纪生（或为季生），某夜与老婆同眠，梦见老婆失踪，打电话，不接，后来竟然关机，因惊惧而醒，发现枕边已无老婆。后来一直没找到老婆。事情诡异，不可解释。

我问："你是听纪生讲的这事情吗？"

来者："我是听纪生老婆讲的这事。"

殊　途

路边的女人噘着嘴唇，眼睛像在
世界弥合连接的事物，在自我融洽的事物间
寻找一个洞口：那虚无的去处

无聊，发呆，不在这世上

我们这些用发霉的自由兑换来肺结核的人
会错意。她准会用（狠命）抽打丈夫手臂的方式
回到她平庸而幸福的生活中去
那样的日子曾在我们身上
被理解得一文不值

双层推进

《小人》的任务

在明处的是所有人看见的，读者看见的，文中其他人看见的。在明处会有一些疑团，这些疑团通过读者和文中其他人——通过他们的理论或经验，得到了解释。这个解释可以合理，也可以勉强，但必须是留下强烈印象的，必须是决定性的。

在暗处的，是真实。暗处不会参与到明处的叙事，但是处处制约明处，使明处不至于铺张。就像有两条河流，地上的一条，地下的一条。地上的只是一种景象，地下的终将汹涌而出，推翻人们的一切认识。

睡美人

马尔克斯《睡美人的飞机》

“前一个春天我读过川端康成的一篇很美的小说，写的是京都的一些资产阶级老男人夜花重金观赏这座城市最美的姑娘，她们裸露着身体，烂醉如泥，在同一张床上，这些爱得精疲力竭的老男人，不叫醒她们，也不碰她们，甚至连想都不想，因为他们的快感就是观赏她们的睡态。那天夜里，守护着美人的睡眠，我不仅理解了那老年人的纯美意识，而且还完美地体验了一回。”

在马尔克斯的短篇《睡美人的飞机》里有这样一句。我恰好买了川端康成的集子，里边有这篇《睡美人》，因此找来读。《睡美人》的情节是这样的：最美的姑娘裸露着身体，借助某种药物熟睡着，老鸨说：她熟睡了，什么也不知道，就连跟谁睡也……这点请不必顾虑。资产阶级老男人江口也并非仅仅是观赏，他总是搂着对方，将手伸进对方的牙齿，摆动人家的胳膊和手指，或者吻人家。这些确实召唤了老年人的纯美意识，其实也更是提炼老年人自惭形秽、与死亡为邻的寂寥。老人们想摇醒对方，或是掐死对方。最终，江口听说了一名老人在这里猝死的消息，而在自己随后的经历中，有一位稍黑的姑娘心跳停止了。老鸨匆匆处置了遗体，对江口说：好好休息吧，还有另外一个姑娘嘛。

《睡美人的飞机》的梗概只有一句话，“我”在搭乘飞机时恰好遇见一个绝世美人，但是她一上飞机就睡着了，飞机一停，她自然醒，整理衣服时可能影响到“我”，说声“对不起”便走掉了。和江口老人展现出老年人的贪婪有所不同，“我”略微出格的是，将自己的座椅也放到她的高度，这样我们躺得更近了，就像在同一张双人床上。

说 谎

凌晨时，李某听见有人说话，惊醒过来，那话听得分明，是“你的父母在这里”。李某查看周围很久，意识到那只能是自己说的梦话。因为说得很愤怒，很大声，所以把自己给吓醒了。李某往回想，这句话完整的，应该是这样的：“你看看，你看看，你的父母在这里。”

此前（在梦里），妻子说：“我刚刚从家里回来，我父母让我给你带了些吃的来。”李某猛然将窗帘朝一边拉去，将藏匿其中的二老显现出来：“你看看，你看看，你的父母在这里。”

李某醒来觉得这是神的旨意。妻子每日仍对其温存，眼神无芥蒂。李某一直等待，终于等到她说：“我要回趟娘家。”

李某说：“好。”

李某趁她走了，快马加鞭，至岳父家，将岳父母劫到自己家好吃好喝。这两位老人爱喝一种果物酿的酒，李某便弄了很多，他们像猩猩那样不知节制没日没夜地饮。过了数日，妻子归来，李某前脚将岳父母送走，后脚将妻子接回，都在一个车站，在十五分钟内完成。李某问："在家里过得怎样？"

她说："可好了，我妈给你做了一只猪腿，我带来了。"

李某感到难以应付这震撼，这震撼几乎要摧垮他。这些年她可能一直在说谎，她就这样堂而皇之地说谎说了几年呀，而现在，她这张粉红的桃花脸儿仍然在心无芥蒂地笑。就像一个不正常的精神病病人那样笑。李某当夜离开衡阳自己家，他这样的资质真是难以胜任人间。

私家侦探这碗饭

波兰斯基《唐人街》

在电影里，私家侦探这么干：

1. 将怀表放在轿车轮胎下。这样第二天来取被压坏的怀表，知道车主是什么时候离开的；

2. 去水利局时，与副局长客套，要走副局长名片。这样，在进入警察戒严的水库时，掏出名片，说自己是副局长。

死　例

1. 河北丁某讲，早年，某厂硫酸池捞出一具男性尸体，归为悬案。几十年后，厂内某人死，清理遗物，发现日记本上记满对当年死者的思念。原来是一对同性恋人。为政治前途考虑，杀死情人。

2. 北京何某讲，早年，他故乡有个好人，忽然自杀。理由是两斤猪肉。至于为什么死，怎么死，现在都说不清楚。“两斤猪肉”是这件日渐风化的事的唯一记忆。

死　期

马尔克斯《超越爱情的永恒之死》

有次做梦，我听见姐姐说："父亲晚上七点死。"但是我手头有事，我示意给她看，她看了我一眼，眼光既有责备又有体谅。醒来后，我像吃了苦药，嘴里干涩，写了一篇极小的文章。我觉得自己发现了人的一个秘密机能，就是能宣布自己的死期。最近重读《百年孤独》，才知阿玛兰妲早这么干了。有一天，阿玛兰妲告诉大家她晚上就要去另一个世界，可以帮助大家带信给死去的亲人。因此从早到晚他们家门庭若市，她也生机勃勃。到点后，这位给自己织了很久裹尸布的老处女果然仙逝。因此我想，在第一遍读《百年孤独》时，这个故事就印进我的脑子里，它后来催生出一个梦。

有一天我想，那些赴死的壮士之所以高喊口号，是因为羞耻。他实在忍受不了当众死亡带来的羞耻。我以为这是顿悟，今天在重读《超越爱情的永恒之死》时看到这一句，觉得它又有了源头：除了医生，还没人知道他的生命快要结束了。因为他已经决定不让生活变样，不让任何其他人知道这个秘密。这倒不是出自他的高傲，而是因为他感到害羞。

就在几天前，我在咖啡馆气喘吁吁，感觉有什么事就要来了。我几次试图平静下自己，努力看着对面健谈者的唇齿，但是我发现那样没用。最终我扶着桌面，极其抱歉地请求道："我想回家。"我打的从北城奔回南城，孤零零的房子。躺在床上。然后那要来的、仿佛紧急的事情慢慢撤退了。

每次当我孤独地待在这东西通透、格局固定的房间，当我和自己慢慢坐进黑夜，我可能会想到一个仓皇的局面。便是我一个人悄悄死了。在身边没有一个可以抚摸额头的人。有时我会有意识凑向集体，诸如去澡堂洗澡，或者去和朋友吃饭喝茶，但是当那不祥的预感神经性地袭来时，我感到前所未有的羞耻，像只兔子甩开他们，狂奔回自己寂静的住宅。我实在没有办法克制这种胆小如鼠。

有一天我在和朋友讲起这种事时，说："也许它们未来会成为一种写作的材料。"每次碰到不幸的事，我都这样劝服自己。这样你便不需要专程去养老院寻找濒死的老人，或者去麻风病区寻找孤苦无告的人。我掩耳盗铃、讳疾忌医。有时我赤裸着上身，双手叉腰，对着镜中的自己呼喊硬汉。但很快便溃败下来。在几年前我还是一名无所顾忌的年轻人，根本不在乎什么伤痛，但是仅仅一夜，寥寥数语，我便彻底变成一个惊惧之人。

在还有半年零十一天可活的参议员奥内希莫·桑切斯眼里，年轻女郎劳拉·法利拉“皮肤光洁、平滑，颜色像新开采出来的石油，在灯光下熠熠闪亮。她的头发披在肩上，仿佛一匹小母马的鬃毛。她的两只眼睛比光还亮，还明”。与之相对应的是桑切斯的自审——“请记住，可能是你，也可能是其他什么人，很快就将死去；你们死去之后，便从这个世界上彻底地消失了，连名字都不会留下。”

我想，我在街头看见头发浓密的少女时也会心惊。浓密头发是生生不息、狂放、无所顾忌的标记，仿佛都能闻到她接近本能的挥霍气息。她们像狮子一样有咄咄逼人的瞳仁，还有挂在后肩的健康汗珠，都像遥远天边的景象，深深刺痛这些嘶嘶作响的衰竭灵魂。正如马尔克斯所写，死神对人的侵蚀远远超过他自己的估计。

我想到死亡总是站在一个合适的地方。我根本没办法丈量自己与它的距离。我的父亲也丈量不了，但我们知道它一定会来。自从知道这点，我走路就开始喘气。

死亡的价值

死亡正在丧失它的固有尊严，死亡不再是一个人的总结。它也成为整个工业环节的一部分，你死得对不对、值得不值得，取决于你的死是否对这个世界（别人、受众）有所裨益，比如你是不是作为某项制度的牺牲品，是不是作为某种气候的受害者，这些信息让你的死变得重要。再没有比无疾而终或以正常的疾病死亡更无意义的事了。死于家族遗传的顽疾不如死于感冒，因为后者会让很多人担心他们自己。因为这种惊诧，一些新闻工作者会本着古老的原则将你的名字登在媒体上。哦，一位叫李四的居民因为感冒死了。你的名字出现是因为新闻的可信性，它有助于凸显真实。

T

堂屋中间的马桶

逃亡 I

逃亡 II

通天塔

脱逃术

堂屋中间的马桶

马桶出现在梦中的堂屋。中堂是福寿禄三星，地面是光滑的硬土，像黄褐色的波浪微微起伏，墙是青砖，门上贴着尉迟恭、秦叔宝。自明瓦透射下来的光正好砸在屋中心一只洁白的马桶上，有很多尘灰在光柱里飞舞。小孩子喜欢趴在马桶盖上做作业，大人们像轰鸟儿一样将他们轰走。在大家都不用的时候，主妇走来用抹布擦干净，再找来一块绛红色的呢子布，像盖住什么家电一样，将它盖起来。每次都要提一桶水才能冲走里边的排泄物。购买它是因为家长看见报纸上，有一位美国男人坐着它看报纸。

逃 亡 I

当他醒来，那人已不见了，属于那人的泡着浓茶的太空杯也不见了，烟灰缸里没有白色的中南海烟蒂。他们聊了有七天七夜，每次因为睡眠不得不分开后，那人还总是在固定时间归来。但这次不打招呼地消失了。他去寻找，院子里穿白色上衣的几个粗鲁人看到他时大吃一惊，纷纷停下手中的活儿。他寻遍一楼二楼每个房间，包括一只蓝色塑料垃圾桶，没有找到那人。也没找到那人留下的任何痕迹。

他们杀了那人。

他们每人都是凶手。他们杀了那人，肢解，然后烹煮，再用木棍捣成浆浆，倒进下水道或者菜地。一个下午以来，菜叶长得如此茂盛。太阳光照射它们，就像照着一面面绿色的大镜子。他因此控制不住地出汗。他知道下一个就是自己。不需要理由，理由太多了。院子里所有吃公家饭的人都有意无意地会聚在铁门旁边，装作不看他，倒是那些和他一起被关在这里的人，一个个警惕地看着他，生怕他的鱼死网破会祸及他们。

红砖围墙有两米高，上边扎着生锈的铁蒺藜。他想以撑竿跳高的方式飞出去，可行性不大。他似乎只能等着被处死。一想到这，他便口干舌燥，最后竟笔直走向那敞开的铁门，自欺欺人地走过去啊，就像在梦中那样，装作若无其事地走过去。落步时轻若鸿毛，抬腿时重如泰山。那些公家人停下正在打的牌，转过脑袋来，诧异地看着他。但他们仿佛说服了自己，没有做出任何阻拦，甚至连口头警告也没有。他们就像鹅一样伸着脖子，看着他紧张地走出去。出了院子十米，他发疯地跑起来。

他决定坐火车。但至少需要一百元。他还是蛮聪明的，知道一次性找人要一百元会什么都要不到，他分二十次找人要五元，达到目的。那些人都恐惧地看着他，一只手在他面前匆忙地晃动，意思是不关我的事，另一只手则伸向口袋拿钱。有的拿了二十元。他当然不会找零。他大摇大摆走进火车站。

"去哪里？"售票员是外地人。

"随便去哪里。"

"总要去哪里的。"

"随你的便。"

"你有多少钱？"

“我有一百。”

“那就去襄阳吧。”

“好。”

逃 亡 Ⅱ

天黑了，火车像是一条铁鱼在暗沉的海底穿行，充满地狱那新鲜的腥味。他只坐了一站便感觉不适，下了车，租了一辆车回到家乡。他敲开自己家的红色木门（因为雨水冲刷，红色都快变成白色了）。

“给钱，我没钱。”他跟弟弟说。弟弟恼恨地看了他一眼，掏出钱包，轻蔑地看那肮脏的司机：“多少钱啊？”

“两百哦。”

“两你妈 ×。”

弟弟踢了司机几脚，丢下五十元：“走走走。”

弟弟真凶啊。他有点后悔回来。但是有什么办法呢。不一会儿，他的弟弟、妹妹、父亲、母亲还有弟弟只有六岁的儿子都凶狠地围过来，拿着木棍、笛子、鸡毛掸子还有哑铃吓唬他，像吓唬一条狗那样——“还不快走？”

“你们要我走到哪里去啊？”

他张开嘴巴再也舍不得合上，苦楚地哼哼着。

“到你该去的地方去。”弟弟像个干部，或者说像个人类（相对应的，他就像是头牲口）那样说。此后他一旦走错一点方向，便会遭到一顿狠打，这样他们终于将他赶回车上，赶回白天他逃离的院子前。天黑完了，黑透了，铁门还开着，上边有一盏灯泡亮着，好多蚊蛾飞舞，就知道他会回来的。

老父一直远远跟在后头，老父太老，弓着背，拄着拐杖。都老成这样了，还这么有力，走一步就用拐杖戳一下水泥地面，像是要戳出一个洞来。老父一路咬牙切齿，臭骂道：“鬼东西，这个害人的鬼东西。”

然后他们像是得胜，班师回府了。他们用尼龙绳将他绑在铁门上。

通 天 塔

亚利桑德罗·冈萨雷斯·伊纳里多《通天塔》

1

本义：

Babel亦称为“通天塔”。《圣经》第十一章（3—9节）云：

3 他们彼此商量说：“来吧，我们要作砖，把砖烧透了。”他
们就拿砖当石头，又拿石漆当灰泥。4 他们说：“来吧，我们要
建造一座城和一座塔，塔顶通天，为要传扬我们的名，免得我
们分散在全地上。”5 耶和华降临，要看看世人所建造的城和塔。
6 耶和华说：“看哪，他们成为一样的人民，都是一样的言语，如
今既做起这事来，以后他们所要做的事就没有不成就的了。7 我
们下去，在那里变乱他们的口音，使他们的言语彼此不通。”
8 于是，耶和华使他们从那里分散在全地上，他们就停工不造那

城了。[9]因为耶和华在那里变乱天下人的言语，使众人分散在全地上，所以那城名叫巴别（就是变乱的意思）。

2

DVD封皮上的话：

倾听……是唯一的活路。

3

蝴蝶效应：

A. 郁郁寡欢的日本人将猎枪留给摩洛哥向导；

B. 枪经交易，成为两个少年守卫羊群的武器；

C. 少年对武器的好奇及对后果的疏忽，导致子弹穿透旅游大巴的玻璃，击中一对美国夫妇中的女子；

D. 事故引起美国政府对恐怖主义的警觉；

E. 迫于压力，摩洛哥政府紧急追查凶手；

F. 两个少年与父亲在山石间与本国警察发生冲突，老大中弹；

G. 在摩洛哥期间，美国夫妇的两个孩子由墨西哥女佣带养，女佣在故乡的儿子将举行婚礼，在未找到合适人代养的情况下，女佣带上两个小孩去墨西哥；

H. 女佣返美途中，因侄子（司机）的冒失，被警察误会、追捕，侄子将她与两个小孩抛弃到绝望的沙漠，继续逃窜；

I. 追查枪支来源，使故事走向日本，在那里，郁郁寡欢的男子有一个聋哑女儿。

在林奇的《殡葬人手记》里，诗人偶然看见一种叫洋蓟的植物，并从它那女人性器的模样想到某种诗意，他写了一首诗，诗在一大堆投稿中被《纽约客》编辑选中。另一位离婚的诗人恰好看见这首诗，活下来了，他本来要自杀的。

偶然之间的接力，是故事的魅力。

《通天塔》在主题上设置必然：世人之沟通，大多艰难。

4

开头：

一毛不拔的石头山，摩洛哥村民孤独的脚步声，远空，风呼呼的叫声，鸡鸣，一座大小石头错落垒成的屋子，老而瘦的手指敲在生锈的薄铁门上，远行到此。就是在这封闭、遥远的地方，故事的齿轮开始转动，鞭及五湖四海、海角天涯。

5

兄弟与武器：

猎枪当然背在哥哥肩上，但弟弟枪法较好，认为枪支更应该属于自己。是年龄大的居之，还是更会使用的居之，构成兄弟间的争执。因为隶属于同一家庭，最终的解决办法是你一枪我一枪。有点想起少年时代那句“轮到我了”。

武器是人类少年的通好。

为验明两个道理（A. 猎枪射程是否达到三公里；B. 谁更有资格来评价这把猎枪），兄弟先后将枪瞄向山下行驶的车辆。弟弟约瑟夫的那枪打停旅游大巴。兄与弟惶恐对视，逃窜。他们不知有此后果。

6

车窗的寓言：

满载异国人的旅游大巴行驶在摩洛哥乡间公路，窗外的高温将景物烤焦，着白色长袍的男子骑自行车于滚滚尘烟中，几位遮住脸的黑袍女子被匆匆经过，山上及平原到处是石头。

旅游是深入陌生地，陌生地意味着不安全，安全感导致厚厚的玻璃。

但是……车窗也阻隔了空气被擦破的声音，子弹从三公里外的山上飞蹿而下，刺穿玻璃，钻进理查德妻子的肩膀里。

“噗”。声音很小。但意味着太平世界被撕裂。

来自其他游客的恐惧心理被加强，在不知子弹来历而牺牲明显已降临的情况下，他们打定主意，走为上策。

7

冒失的年轻人：

墨西哥女佣的侄子圣地亚哥，胆汁丰富，富于主动。他破旧的小轿车铺洒着自由自在的灰尘，一发动汽车就会带出噪声般的音乐。他不害怕这个世界，瘦削的面庞和戏剧化的胡子，充满挑衅味道。

他抽出枪对天鸣射，以庆祝亲人的婚礼。他将鸡旋转几圈，然后一把拧下它的脖子。

他不坏，但是有些毛病。

8

整个世界的寓言：

千惠子不停用手比画，渴望对方说慢点，在母亲死去后，她似乎不再有一个忠实的听众，人们很不耐烦，认为她是“妖怪”。世界又聋又哑。

9

刺激：

千惠子进入餐厅时，服务员热情接待。眉毛在说话，眼睛在说话，整张脸都在说话。而她对面的千惠子有口难言（记住这是个服务行业，货币使交流热情无限）。进入餐厅后，有小青年前来搭讪，但他很快因为对方是聋哑人，离开了。而且还渲染了千惠子的缺陷。

10

“多毛怪物”：

千惠子在餐厅卫生间痛定思痛，脱下内裤，然后回到餐厅，对陌生人露出阴部。此后在看牙时，她将牙医的手拉到裤内；在与警察内宫谈话时，脱掉全部衣服。

她认定这是与人交流的最直接手段，也是最后手段。

陌生人露出淫邪的笑，医生认为自己受到侮辱，而警察厉声拒绝，但最后还是拥抱了她，因为她泪流满面。

11

又是车窗：

坐在圣地亚哥的车内，美国小孩麦克和黛比观看着墨西哥的一切：搬汽水的人，行走的斑马，站街的妓女，以及远处山丘上高高低低的房子。

“我妈妈说墨西哥很危险。”

这次，车窗所保护的似乎是观众。在孩子天使般的面孔前，观众很容易出现担心。观众认为他们乘上的是一辆灾难之车，一去不复返。但有了车窗，大家觉得暂时还是安全的。

在后来的墨西哥庄园，两个小孩玩得挺开心。这超乎观众的想象。小孩虽有忌惮，但似乎还没有到达成熟的年龄，还没有把陌生地与灾难、危险联系起来。也许还有墨西哥女佣的原因——她看着两个小孩长大，是孩子们心中的保护神。

12

车窗的失效：

因为理查德妻子受伤的缘故，旅游大巴被迫开到某摩洛哥村庄。小孩子跟着车轮后边的尘烟奔跑，路边的村妇停止劳动，行人的目光追随着……而游客的眼神逐个不安起来。

双方的观望是深入的，村民看着一辆大巴进入村庄，乘客看着陌生的村庄迎面而来。双方在此经历一种惊愕。车窗失效。理查德陷入妻子可能死亡的焦虑中，而其他乘客有很多别的理由，比如家里还有孩子、天太热、汽油不够烧。他们安抚理查德，他们回去后，车子还会来接他。在他们心里，想到的则是：在埃及某村庄，三十余名德国游客被恐怖分子割喉。

13

沟通的语言：

美国政府认为枪击美国游客是恐怖主义活动，摩洛哥政府语词委屈地反驳这一说法，甚至不惜在没有调查的情况下，仓促将之定性为一起抢劫案件。

急于自证的摩洛哥警察穿着标准制服，深入乡村，寻找猎枪的所有人。在见到他后，他们齐刷刷举起枪。

枪就是沟通的语言——恐吓与威慑。扩展延伸则是——踢打与拳击。

摩洛哥警察身上背负的压力，经过“美国——摩洛哥政府——摩洛哥警察机关——下属警察机关——下下属警察机关”的层层推进，叠次加重。压力最终使两个摩洛哥小孩及其父亲难以承受。不啻弥天大祸。

14

节日：

墨西哥女佣阿梅莉亚幸福地看着乡党们跳舞，在故乡，婚礼彩纸飞扬，新娘头戴王冠，新郎也就是她的儿子，玩了个魔幻。在被人们抛上天后，他没有按照惯例掉下来，而是挂在晾衣绳上。这是她十六年来第一次回到家乡。她在美国当了十六年女佣，没有片砖只瓦。

在理查德的理解系统里，阿梅莉亚回乡不是什么大事；而在阿梅莉亚的理解系统里，这是再重要不过的事情。因为在十六年的焦苦等待中，这是唯一一次的休息，唯一一次的节日，唯一一次的酒水以及唯一一次的释放。

15

像打开阀门的声音：

千惠子进入迪厅后，导演让舞曲时而有，时而无，时而震天动地，时而就像在真空，一无所有。声音就像自来水，上边有个阀门。

千惠子进入迪厅是失当的，她对人们沉默的狂舞深感茫然，然后才逐渐快乐。因为她看到别人投入其中的快乐。就像别人为一个笑话笑了，另一个没弄懂的人也笑了。这后一个笑是根据前一个笑建立的。渴望融入，假装自己未被抛弃。但是快乐在心仪的男孩与同伴相拥后粉碎了，千惠子退出迪厅。街道上没有声音，人们像骷髅一样开合嘴巴，拿着无用的吉他在弹。千惠子和这个世界孤寂欲死。

16

沟通的语言：

在见到警察后，约瑟夫父子在山间奔跑；而警察一起下车，举枪从多个角度射击。子弹是杀人的，从子弹向约瑟夫父子密集飞去看，警察已无须与约瑟夫父子做任何沟通。结论对他们来说，已非常清楚。密集的子弹就是沟通的唯一方式，死亡即语言。对孤困的父子仨来说，听到一句“趴下”都是幸福，但他们没有机会。

警察和平民是电影刻意强调的两个身份，这两个身份的沟通方式是“枪”“追击”“照得人睁不开眼睛的手电筒”，以及“有罪推定”。

枪作为沟通双方难以平等的象征物，刺激了多血质的墨西哥青年圣地亚哥，他在接受边境检查时，选择挑衅。而在轻微的喝酒事实暴露（他曾轻信可以避免），并可能招致阿梅莉亚阿姨“移民”身份的暴露后，他轻率地选择冲关，被警察追得穷途末路。在沙漠上，他扔下阿梅莉亚阿姨和两个美国小孩，引开警车。

而远在摩洛哥，约瑟夫的哥哥中弹，约瑟夫选择还击，开猎枪打伤一名警察。

17

逃亡：

银幕是黑色的，圣地亚哥的车灯刺破黑夜，在公路上狂奔，轰轰作响。随后，几辆闪烁的警车车灯扎入银幕，呼啸追来。麦克和黛比因惊恐而哭泣，阿梅莉亚阿姨不知所措，只剩下圣地亚哥依然保持着自信。他将车拐弯到土路，深入沙漠，然后不顾恳求，将他们轰下车，自己负责引诱警车去了。黛比在临下车的那一刻，被手电筒照到。满面是泪的她，惊恐地接受猛然到来的事实。

18

在黑夜的处境：

阿梅莉亚带着两个哭咧了嘴的小孩，在黑夜中跌跌撞撞地行走。圣地亚哥留下的手电筒是唯一的方向，但是它永远只能照射到眼前，四周没有出路，只有茅草和沙土。

手电筒的光在茅草上摇晃，能辨清的只是茅草的根茎。无数根茅草。

19

Stop! Stop!：

摩洛哥乡人听不懂这个单词。在妻子受伤后，理查德拦住一辆摩洛哥的小卡车，欲寻求救援。但是那司机向他说了一堆土话。卡车开走时，理查德在后边徒劳地喊，Stop! Stop!

那些与理查德同车的游客，在游说理查德放他们走无效、鼓动理查德离开妻子又无效后，找个机会一起上大巴，跑了。正在屋内打电话的理查德听到发动机的响声，跑出来，但是车已经走远了。理查德在后边喊，Stop! Stop! Stop! Stop!

20

委屈：

年幼无知的麦克："我们没做错什么事，为什么躲躲藏藏？"

眼圈黑黑的阿梅莉亚阿姨："因为他们认为我们做错了事。"

年幼无知的麦克："你是坏人？"

眼圈黑黑的阿梅莉亚阿姨："不，我不是坏人，只是有点愚蠢。"

21

在白天的处境：

天空美得怕人，你不会再见到比这更蓝的蓝色，几丝白云飘荡着，沙漠广袤，景致壮观。偶有黄花掉落在地上。从屏幕上望去，真是美丽。然而，阿梅莉亚阿姨很久没有水喝，没有饭吃，在这里难以支撑。阿梅莉亚阿姨穿着笨拙的高跟鞋与红色礼服。空气中有风的呼音，那真像是纸被烧着的声音。阿梅莉亚的眼圈已经黑得像墨汁一般，鼻孔正在吸入过多的蒸汽，她艰难地呼吸、呻吟，摇摇晃晃，就快要疯掉。

有一只矿泉水瓶被她捡起来，显然是空的。

22

沟通的语言：

这次是手铐。阿梅莉亚沿着车痕向前走，但是车痕在一个顶点拐弯回去了。她哭了，但是没有眼泪，作为水分，眼泪早蒸发掉了。

这次她总算看见一辆车，她挥舞红纱巾，大喊着近乎无声的墨西哥土话（此前她曾经在一辆车路过时喊过“Help”，但现在，处于极限状态的她只能喊出来自娘胎的话）。这是辆警车，它停下了。阿梅莉亚指望着警察回去帮助救助那两个小孩。但警察拿起对讲机向上司通报，逃犯抓到了。警察把阿梅莉亚铐起来了。

23

光明的尾巴：

被遣返回家的阿梅莉亚阿姨出现在边境，十六年来她在美国只剩下一个小塑料袋，里边有一些可能值点钱的东西，此外只有一张不再复苏的苦脸。她的儿子走过来，抱住她。

约瑟夫砸烂猎枪，举着双手走下山，说这都是他一个人干的，“请救救我的哥哥”。警察停止射击，上山抬下中弹的人。

直升机救走了理查德的妻子，理查德欲向善良的翻译使钱，被后者诚恳地拒绝。

直升机也救走了沙漠里的两名美国小孩麦克与黛比。

千惠子与父亲拥抱在一起。父亲拍着她的头发。而警察内宫在某个咖啡馆看着千惠子急速写下的长长纸条。

脱逃术

1. 电视剧《乌龙山剿匪记》：土匪被追捕得急，然而睡意难挡。办法是取香烟点着，夹于指间，倒头便睡，待烟头烫着手指时，起身复逃。

2. 陀思妥耶夫斯基《罪与罚》：拉斯科尔尼科夫避开看门人，上四楼（过二楼时见一房间正在刷漆），杀死放高利贷的婆子。寻觅财物时，听见厅堂有动静，发现婆子的亲眷哆嗦着站立彼处，欲呼无声，拉斯科尔尼科夫便杀死她。拉氏这时才知道门未闩上，便挂上挂钩，又想到自己是要逃的，又要取下挂钩，此时门外来了一位典当的客人。拉氏便不作声，任由其敲门，好等对方自己走掉。不料又来了一位典当的客人，说，主人如果出门，门断然是从外边锁好的。两人商定，留下一人镇守，一人去楼下叫看门人。拉斯科尔尼科夫当毙命于此。此时，镇守者心生恐惧，也跑下去了。拉氏遂出门遁逃。他往下跑，人家一大堆人大喊大叫往上跑。又要毙命于此。恰好二楼那房门开着，油漆工人不在，拉氏闪身进去，并趁着他们疾步朝四楼跑时，打时间差下楼，闯过空荡荡的门房，遁入胡同。三点营养：恐惧与平日噩梦无二；一定把环境做死，表面看逃无可逃；转机的设计需要提前交代，二楼房门开着需要在拉斯科尔尼科夫上楼时看到，甚至能听到油漆工人的声响，此后拉斯科尔尼科夫自四楼往下跑时，亦要写他听到油漆工人打闹着离开房间。这一切交代只为增强逃生的合法性，越提前交代越自然，越补充交代越千疮百孔。

3. 科恩兄弟执导的电影《老无所依》：牛仔意外捡到巨款后，返回现场给濒死匪徒送水，此时夜空暗蓝，视物不清，似乎没什么动静，忽然小山丘上车灯打亮，追着牛仔便冲过来。牛仔奔跑，车灯随车身蹦跳而上下摇晃，但总是毫厘不差地对准牛仔奔跑的背部。且车后站起人，持枪不停射击牛仔。牛仔被迫跳入大河。追击者驱厉狗下水。厉狗划水快捷，呼吸急促，而牛仔甚为艰难。当牛仔上岸时，厉狗已扑来，牛仔匆忙上好子弹，推上保险栓，刚好在它扑到自己身上时射出子弹。活狗顷刻如木狗，毫无表情地歪倒一边，只有腿腹处偶见抽搐。牛仔视一边肩膀，已被狗爪抓出道道痕印。

逃亡的心机：

牛仔潜至旅馆，订下一房，撬开天花板，将藏巨款的皮箱塞入暗道——牛仔搭车回旅馆，见陌生车辆停靠在门前，命令司机别停，开过去，再做计议——牛仔和老板协商换房，住进原订房的隔壁。在隔壁房，他贴着墙壁听动静，静看房门下，果有人走到门前停下（鞋尖在门缝下留下两道阴影），随后走廊灯被追击者关灭，他什么也看不见。追击者用宰牛枪射开牛仔起先订的房间，杀死那后来住进的房客——牛仔匆匆撬开天花板，用铁丝钩出藏于彼房暗道的皮箱，从楼上跳下逃走。

追击者（安东）受伤后，不能去医院（会暴露自己）。他的办法是走到药店外，找一汽车，掀开油箱盖，铁丝裹布条，塞进油箱，取出点着，复塞入，汽车由此燃烧。药店内的人被外边的一声巨响吸引，纷纷走出围观，他走进去取药。

W

王守义十三香

风和日丽的一天，我在早晨迷迷糊糊醒来，被未婚妻支使起来，去她姥姥家。

我第一次看见她时就喜欢上她。然而情感会懒下去。我和她穿过城中心红绿灯，走过新铺的水泥大道，走到有很多树草的地方，走过护城河，大汗淋漓地朝她姥姥家进发。当我们走在明黄的土路上时，她说，带这么多东西不够吧。我摸摸口袋，还有几十元，说，不用回头了，前头找个小卖部吧。

小卖部关着门。我们等了好一会儿，人家才把店主叫回来，掏钥匙开了门。里边有个薄板支架，四格就放了几袋洗衣粉，几包劣质烟，在婴儿的摇篮里放着一台黑白电视机。

有什么糕点没有？我问。

没有。

酥糖呢？

没有。店主歉疚地说。

那有什么糖没有？

糖化了，只怕你不买。

那你有什么？

你自己看吧。店主拿出纸箱子，里边有盐、化掉的糖、几颗水果糖，还有十几袋王守义十三香。我找了个塑料袋，把十三香全部装进去。女人大概也没什么可说的，跟着我走了。我们走到一个村庄，远远地来了两位老人，见到我像见到儿子，又像见到汉奸，又亲热又有距离，礼貌而矜持。

我说，姥姥，姥爷，这是孝敬你们的。

他们看了眼，一边伸手接，一边说讲这些礼，讲这些礼。

这是件破事，竟然有人用作料送礼，而这件事发生在我身上。现在想起来，如果我和她结婚，我们的孩子都有十几岁了。

妄想症

T老师讲述一名女客的崩溃，我记下来，计有如下，后来，这些表现被写进小说《春天》：

1. 将被子扔到床下，床上放溜冰鞋、观音像。自己睡地上，路过时踩在被子上；

2. 将房东的菜刀放在枕头下；

3. 锁坏了，还要锁门。大家好不容易用身份证把门弄开，她转眼又关上；

4. 一个月不洗澡；

5. 几米远的地方，比如从房里到餐桌，就这么远，离开都要带着包；

6. 动作粗暴，说房东不讲义气；

7. 争吵后，不吃房东做的饭，房东一走开，又去疯狂把菜端到房里；房东后来买蛋糕回来，故意放在那里，她赶紧取走，还说不吃你们家的东西；

8. 歇斯底里，号啕大哭。

忘　字

梦里出现一位老先生，提着滴血的毛笔，神情骇然，云：“世上的字是一个也不认得了。”我问为何。老先生说：“只因有一个字似认识又似不认识，此后，所有字都似认识又似不认识，好比是传染。”我问是何字。老先生说：“衍字加心字底，不知是读‘钱’，还是‘衍’。就像是抓人的谜。我一定要找到答案，人们都来帮忙，却是越帮越乱。我整日盯着它看，也是越看越犹豫，终至连‘衍’字、‘心’字也认不得了，‘衍’字怎会有三点、‘心’字怎还有一钩？看到最后，我便活生生看到那‘愆’字，横的归横、竖的归竖、撇的归撇、捺的归捺、点的归点、钩的归钩，倒了一地。好似一幢楼，散倒成砖头、瓦片、尘土。楼可以倾塌为瓦砾，然而瓦砾难以复为楼。这真是惨痛的经历。我想这只是小小的意外，剩余的字一定还能认得出，去看时，却也是横竖乱叠、撇捺相错、胡拼一气，让我一个也不认得了。我想到我五十年苦读，竟然是为了一个坍塌。汉字都他妈坍塌了。”我不便说些什么。老先生继续说：“你有所不知，仓颉造字时，赋予每个字以读音，想让它发什么音，它就发什么音，说狗，便是狗，说猪，便是猪了。仓颉给每个字创造对应的读音，世人以此来检索、判别相应的字。这就是几千年我们引以为合理的源泉。然而今天，我在这学习的尽头，猛然发现，这一切太过荒谬，为什么狗就要读狗，而不读猪呢，为什么它就不能读鸡读羊读牛呢？为什么偏偏就要读成狗呢？”

文　人

居尔蒂斯《猛兽的习性》

居尔蒂斯（1917—1995），据说喜欢写仿作。《猛兽的习性》针砭的是法国的一位大诗人。某夜，诗人失眠，为妻子写诗，晨起后准备对她朗读，发现妻子也在写作，眼睛里有着野兽的光芒，那种猫科动物的、闪着高山上冬日天空的光泽，既无敌意，也无同情。

“现在？急吗？”她说。

他仿佛挨了一耳光。及至妻子过来要听他朗读时，他要离婚。她早已习惯，便求他读。他读，然后请她点评。“才华横溢。”她说。他很恼火，心里的作品就这样成为另一个人毫无感觉的评价的牺牲品。他开始问，你是不是对我的作品厌倦了？

夫妻间由此互致侮辱。事情在下午三点得到缓解。记者来采访，她去化妆，诗人骄傲地朗读新诗，妻子痴迷地听着。诗人要记者点评，后者说，多美啊，像你们这样的爱情不再有了。

“是啊，不再有了。”女人微笑着。

“他写完诗，总是给您送来吗？”记者问。

“总是。”她说，她的眼睛更亮了，微笑更加灿烂。“我坚持这样，您知道……”

文言文茶花女

买到林琴南翻译的《巴黎茶花女遗事》。我对文言文向来恐惧，这次因为有白话文阅读的底子，倒也没多少阅读障碍。一路狂读，读到那开棺一段，以另外语态又体验了一遍原初阅读时的震撼：棺盖甫启，凶秽之气棘鼻刺脑。时坟上丛花犹繁，清芬为尸气所夺，香色都敛。余视亚猛，已无人色。棺中以素帛裹尸身，凹凸已现尸形，一足翻帛外。巡捕麾园丁去其面衣，面赫然，见目眶已陷，唇腐齿豁，直至耳际。齿粲白犹如编贝，黑发覆额上，左偏直掩其耳，此即当年坐油壁车脸如朝霞之马克也。

这里亚猛即王振孙所翻译的阿尔芒，马克格尼尔，即王本的玛格丽特。在王的译本里，曝尸的场景是：那模样看着实在怕人，说起来也使人不寒而栗。一对眼睛只剩下了两个窟窿，嘴唇烂掉了，雪白的牙齿咬得紧紧的，干枯而黑乎乎的长发贴在太阳穴上，稀稀拉拉地掩盖着深深凹陷下去的青灰色的面颊。

不过，我还是能从这一张脸庞上认出我以前经常见到的那张白里透红、喜气洋洋的脸蛋。

这段文字我曾多次引用。单一读起来，与法医解剖报告无二，都是一般的静物、死尸描写。但是我每次都会联想到当年脸如朝霞的玛格丽特，想到这个天生尤物，如何门庭若市，如何轰动巴黎，如何玩公爵伯爵于股掌之间，又如何与寒酸青年阿尔芒密营爱情。总是由萧瑟残冬想到春天的壮景，又从那辉煌天堂一眼看到如今的地狱，震撼由此而来。

不少作家有意写“失去”，特别是“情人的失去”。但失去以何面目出现，区别不少。明显的是村上式的，失去而突出凄寒之美；又或者像一些电视剧，以胸口一朵梅花似的鲜血或者白血病来隐喻死亡。人类往往有错觉，以为死是哀伤而美的事，一个美丽的人只是少了呼吸、不再运动而已。就为了见到这壮美的尸体，阿尔芒不惜多方行走，找玛格丽特亲戚，找有关部门，做了改葬的举动。而最终的结果是深夜“面色紫涨，忽发狂呓”。

我当时读到曝尸这一节，心脏猛然下跌，就像坐车忽然下坡。我也在等待作者揭开这个秘密，也想看到这个睡美人的凄美之态，但小仲马抬出一具骷髅来。

这本书恰好是我读的第一本外国小说，现在回想起来，我读的书多半是外国小说。而每次去书店，看到《茶花女》的不同版本，都想买一本。作者以“我”之名，去茶花女遗物拍卖会上买了一本书，名字叫《曼侬·雷斯戈》。我后来在书店看到此书，也买了下来。读完发现《茶花女》从结构上纯粹沿袭了《曼侬·雷斯戈》。

无尽时间里的一小段

我若四肢都似昨，趁机就雾访高天。——艾宏松

我习惯于坐，父亲习惯于快步行走，祖父习惯于在县城里晃晃悠悠。这是上世纪的事。祖父把县城每个角落都温习过一遍，开始待在家看电视。除开在下雨天站在二楼阳台招呼离去的我们打伞，别无他事。他总是晃荡着那把又大又丑的黑伞，我们头也不回，径直走出他的视野。有一天，他进入老年痴呆状态。

祖父终生热爱乡村，总是劝我们要占有一点田，不要离开田。但我们都将田地当成是耻辱的负担，能跑多远就跑多远。父亲将祖父的小卖部生意从村里做到乡镇又做到县城，差点做到地级市，大姐则把原本是超市的生意发展为房地产与餐饮。大哥在县城矿产局上班，某一日弃职而去，流落杭州、上海做

IT民工。我也如此，我在乡下和县城做了五年警察后，跑到郑州、上海、广州、北京等地给媒体打工，为着有一天去纽约。父亲进城后，因为是独子，要尽赡养义务，便将祖父祖母也带到县城，就像将一棵大树拔起扛到柏油路的世界。

新世纪未至之时，祖父死了。

他死是因为最后一次出门，脑子糊涂，从桥上缺少水泥护栏的地方走到桥下，落进烂泥，折了腿。从此身体再也好不起来。临死时他突然清醒，要求我们护送他回乡下老家。父亲请来医生，后者把脉，说生命指标微弱。可祖父还是坚持到乡村，坚持到他那年轻时建筑的房屋，然后咽了气。我有一颗喜欢瞎想的脑子——我总是想，祖父不是从桥上跌下去的，而是打着雨伞从二楼飘下来的。有段时间，电视，无论是中央台、地方台还是县城的台，都喜欢将李连杰主演的黄飞鸿反复播，我觉得祖父看过很多次这部电影，有一天就像李连杰打着雨伞抱着关之琳从高处飘下那样，从二楼飘下。腿折了。

在百无聊赖时，祖父拿走我的化学课本，试图依靠淀粉和碘酒完成无字天书的实验，好去东街算命先生那里炫耀。整本书他只略微懂得此处，也许他实验成功了。

祖父的死没有对我构成冲击。我当时只有二十三岁，生命力充沛，骑着摩托车从六七十里外的地方跑回来，一蹦一蹦，尘烟滚滚。在祖父死时，我就是想要怎么流出点眼泪。我不知道怎么才能流出。越想流出越没有，很尴尬。但是十年过去，在二〇〇九年，当父亲中风，我便筛糠起来。我开始意识到自己其实也只有几十年可活，这还是乐观的看法。我意识到最终只有死神能穿越前生与来世，我们拥有的现在说用完就用完。就像一张百元钞票，一拆开，用起来便势如破竹。

我最初看见的公式是：

祖父——父亲——我

当祖父悄无声息走入黑洞之后，公式变成：

父亲——我——我的下辈

现在父亲中风，像死神下过请帖，未来我便要站在孤独的前头。没人替我抵挡了。这就像一场杀人游戏，点名点到我头上，排队排到我头上。“人终归会死”不再是遥远的恐吓。我赶回到老家医院时，看见的是蜷缩着瘦得惊人的父亲，大小便需要别人照料。一世英雄，此时需要让人翻身清洗，真是耻辱啊。

有两句关切的话将我击垮至今——

大姐：“你要注意身体啊，你的体质和爸爸一样。”

母亲：“你可要注意身体，你看医院里比你年轻的，也有中风的。”

中风可能有遗传性。上上一代挑中的是祖母的哥哥，上一代挑中的是父亲，下一代可能是体质和生活习惯类似的我。我就像看见自己也躺在那里，像奄奄一息的兽。我因此得了疑病症，对疾病的征兆特别敏感。而中风的征兆如此繁复，如此庞杂，如此多，像花园里随处可见的花，让人防不胜防。比如打哈欠、疲倦、手脚麻木。这些往日看来正常的生理反应，如今也有了恐怖的色彩，时常让人心悸。恐惧使一切生理反应变得沉重。依照一本书介绍的原理，疑病公式是这样的：身体不可避免地出现不良反应——怀疑是疾病或死亡前兆——因为这种忧虑，不良反应增大，处处不适——确信自己处在疾病前夜，你看，果然吧，反应都这么强烈了——开始悲哀甚至是欲哭无泪地等待病魔或死神的到来。

我无数次沦陷于这糟糕的情绪中。有几次和朋友在咖啡馆说事，忽然胸闷气短，仓促辞别打车回家。我跟他们说身体不适，其实是害怕在他们面前出丑。有一两年，我是他们眼中的笑柄。我到现在也没走出二〇〇九年春季的惊愕，我很难想象一个强悍的男人会在那么快的时间内变得柔弱和可怜。虽然抢救及时，但上天还是让父亲的一只手死亡。他的死亡的手啊，像废墟在他身上每天晃荡，像是随风飘荡的长布条或者破烂的丝瓜。他死去的这一部分永远唤不回来。我有时想，他会鞭打它。有时也将它放在桌面上，那只活着的左手也放在桌面上，整个上午上演一种两只手都活着的假象。但是只是假象。我在想，我的父亲，有一半的心脏空空荡荡，心里下满了雨。

他现在一天的主要工作是行走。一分钟走上十几二十步，从早上走到下午。从县城家门口走到公园，走上烈士陵园的台阶，再走下来，走出公园，走回家。他风雨无阻三年多，从来没有比以前快一秒。我从外地回到老家，在家门口看见他这样归来时，心里便升起极大的苍凉。他在离我还有很远的地方便咧嘴笑，那笑容像光速一样传到我眼前，但是他本人要过来，还很漫长。等我们终于凑到一起时，一枚刚发射的火箭可能已经无声地到达太空深处，游走了好多万公里。

关于中风康复者还能下田劳动的传说没有在他身上实现，也没有在他了解的病友身上出现。只有他作为强者，还在一直重复着这种锻炼。而死亡的抚摸一天比一天亲密。就像雪，一层层落在他身上。他变得越来越衰老。他宁可战死，不可战败。这也许是他在尽做人的义务吧。作为一个人，应当如此，人应该选择自己作为强者。但我走出泥潭还需要时日，我有段时间喝酒逃避，后来戒了。我想起王安忆给“短经典”系列写的序（《短篇小说的物理》），里边提到皮兰德娄的小说《标本鸟》，我原文引用这一小段：说的是遗传病家族中的一位先生，决心与命运抗争，医药、营养、节欲、锻炼，终于活过了生存极限，要照民间传说，就可以放心说出，“从此他过着幸福的生活”，可是在这里事情却还没有完，遗传病的族人再做什么？再也想不到，他还有最后一搏，就是开枪自杀，最后掌握了命运！

我希望我能在走过一大段自私自利、杯弓蛇影的泥潭后，最终有一点男人的样子。

附1：

初

这个字让我想到弗兰茨·卡夫卡惊世骇俗的小说开头：一天早晨，格里高尔·萨姆沙从不安的睡梦中醒来，发现自己躺在床上变成了一只巨大的甲虫。这是绝望的开端，人的变形，开始被他人和自己联合驱逐出去。一个傍晚，我的父亲中风，也许是晚上。他准备洗澡并试好热水然后从此再也不能自己给自己搓澡。我从我奋斗的首都（那热忱的事业就像刚刚开始）赶回小城，他的一只手已经死了。同一边的腿半死。将近四年过去，他还在尝试回到正常人的序列，还在使用各种办法——就像一名悲哀的癌症病人那样，一时间焦渴地找到各种科学和不科学的办法，有些办法仅仅只为表达一个人饱含深情的关切而被想当然地发明出来，也许他们觉得这样有用或者至少这样做不会有什么坏处，包括中医，父亲曾与作为老中医的祖父争吵一生，但最终还是采用了一些中医的办法。而我除了看到他日复一日地衰老，没看到别的。

我在阅读丹尼斯·约翰逊的小说时非常难过，因为他这样写：这个病像中风似的让她半身瘫痪，左臂几乎成了摆设。她能走路，但每走一步都要先拖着左腿前进，然后把左腿从背后荡到身前。我当然想到我的父亲，有些小孩跟在他身后取笑这种稀奇古怪的走路方式。

他每天要走很多小时，也许他想，如果不走，这还活着的半边也会很快跟着枯萎。有时我会陪着——我以他的速度跟随，会感到极为压抑，就像习惯于奔跑的宝马只能踏步，像是在承受时间永恒而零碎的折磨。我仿佛听到父亲的两条腿在对话——

前腿："你就不能快点吗？"

后腿："我没得办法啊。"

前腿："每次等你都等得烦死了，我要不是看你——"

后腿："你莫等我，你先走哦，我自己能走。"

前腿："走你妈。"

那条健康的前腿就像不敢违抗父命的兄长，看着这尽添麻烦需要照应的弟弟。"我几袋烟都抽完了，而你才走了不到十米，你真是个废物啊。"前腿说。

父亲羞耻于他人的帮助，他用一只手吃饭、如厕、练书法。但是我总是想到他处处、时时都会感到不方便，不方便就像一个巨大的囚笼囚禁着他，而他恼恨于人的帮忙可能是不想失去男人最后一点的自尊。有一天我和父亲在公园行走，他在公厕解完手叫我出去，我在门外等着，看着一个男人带着极大的惊诧（他甚至想与我这个陌生人分享他的惊诧）从里边走出来，我便走进去。我看到我的父亲用一只手接水，清洗自己的臀部——因为这个病会带来括约肌的问题，因此需要清洗干净。一个六十七岁的老男人裤子褪到膝盖处，颤颤巍巍地清洗自己的隐秘之处。

我们的历史开启于他中风之日，在此之前他是中年人，而我是幼童。此后我仍然是脆弱的怕死的幼童，而他急剧衰老，像风一样滚向墓地。

附2：

家庭团结

在梦中，我坠入一个世界。它依靠地平线上跳跃的火光和每户纸窗里渗透出的弱光照明，建筑物和街道显现出来时只是稍浓的轮廓。就像黎明将至而永远不至。我是家里最后一个到来的。姐姐将我带到父亲那里。他已经等了很久。这个急躁的男人因为衰老病痛变得谦和，但仍遮蔽不住他自童年就有的杀伐决断之气。

在他的右侧茶几上放着一碗脏水，他不时用左手捉住蜷缩的右手，让它蘸点水，在面前的青石板上写字。每当写完一个字，它们就会干掉。他的书法很好，但从没有一幅字迹留在人世。我惴惴不安地坐在一边，很久才问：

“在这里，你的中风也好不了吗？”

“好是好了点，但是好不完全，算了。”

他继续写着字。他的字纤细、认真，即使是行草，臂膊运走也十分谨慎。他把蜷缩的右手当成毛笔。我怀疑他就是失去四肢，也会趴在那儿用舌头继续写。

“是我让他们将你弄来的。”他说。

“为什么？”

“我不放心。”

然后他继续沉默。我感到愤怒。但是什么话也没说。我已经习惯这种专横霸道，哪怕我刚刚经历了最自由的时刻。我看见两个姐姐、一个哥哥、一个弟弟还有他们的子女，以及母亲、小脚的祖母沉默地坐着，或者抱着被褥轻轻走动。他们像在人世一样，习惯了这种秩序。这个秩序的中心是这位面庞清瘦、头发花白的中风男人。他穿着不合时宜的廉价衬衣。他穿着这些并不是为着出丑，而只是要制定一种家庭标准。何为有用何为无用。穿衣吃饭并无大益。

“爷爷在哪里？”我问。

“他死得太早了，我们来时已经找不到了。”他说。

“我们会在这里待多久？”

“可能一两年。”

“然后我们投胎吗？”

“不，然后我们永远死了。”

在梦里，我反复看到“指间若沙”这个词。我现在去百度搜索，并无。我想它是在隐喻沙漏。可以存活的时间是一把沙子。

乌　　鸦

在太阳下的冰块上
乌鸦排着队进入食堂

他们脸色红润
眼神透着永生的光芒

只有我
掉到队伍的后头
我将在皮靴的共振中死掉

“一个纵欲者
一个不堪一击的纵欲者！”

X

昔日舞曲

下贱

向上

小说的合法性

小玩意儿

写作

昔日舞曲

现在我在上空俯视往昔的县城，觉得它是一个凶险的机关。农民往往因为购买必要的生产物资和生活物资而进城，因此带着积蓄很久、并不算少的现金。他们随着中巴车来到城郊停车场，有几个小偷等着他们。而在他们走进通往城中心的巷道时，会被成伙坐着的算命先生及各路跳楼甩卖十元三样的呼喊蛊惑，最要命的是一种叫猜红点的骗局。总会有一个人蹲在路边，面前放着三张黑白两面的圆纸片，其中一张白面的中心点着红点。他将圆纸片翻过去后，开始吆喝，谁押中红点那张，押一返二。总会有一个托儿在农民将信将疑的眼神中，口出粗言，孤零零地在某张纸片上押上三四百元。设局人面露难色，托儿便用手死死压住那张牌："莫换了。"设局人无奈翻开三张纸片，托儿果然中奖，三四百变成七八百。

此后，托儿便像领路的上帝，将那几位农民带进去。在设局人来回调换纸片后，他死死压住某张，不停加码，而设局人不停告饶，那些农民便一窝蜂跟着押进去。这样托儿和设局人便能在某个私下的角落分掉农民的投资。我有次看报，还知道有一位农民摸奖将一大笔积蓄摸了个精光。

我总是记得一个小偷。在那即使是艳阳天地上也充满泥泞的停车场，他西装革履，穿着皮鞋，像散漫的骑士倚靠在某处。而且他长得极好。他不喜欢说话，眼神茫然。只有当中巴车像头老母猪哼叫着滚进这烂泥塘时，他才像专注的工程师，迎过去。他的眼神既无善意也无恶意，动物一样平静。在农民因为旅程终于结束而着急下来时，他向上挤去。后来，每个人的经验都得到成长，有人将钱塞进鞋底，有的则缝进内裤，碰到这样一个长着古希腊雕塑式面庞的王子时，都将身躯缩得紧紧的，像少女面对不怀好意的男人。

我在派出所见过他一次。很难想象，这样一张静默的脸庞会挤出极为谄媚的笑。他的眼神，牙齿，一切举动，都像远方的姑妈，忙上忙下。几乎所有进派出所的人都这样。他们要么管你叫哥，要么管你叫叔。偶尔，仅仅为着参观这么一个人，我会专门去一趟停车场。他长着永生的面庞，穿着永生的西服，永远专注于来往的车辆，蓄势待发。县城凝滞的生活使时光永恒。

如今我在异地多年，想他有四十多岁。不多久他就五十多岁六十多岁，他还在不在那涂满污泥的停车场？会不会白发苍苍臭名远扬但仍然西装革履，还在那里苟延残喘？我知道的多数事实是金盆洗手，少数的去了刑场。

这应该是一位懂得计算的人物。他所从事的恶行在法律上有一个固定的惩罚，他不会逾越天条，将自己弄进农场关个十年八年，更不会让自己被人民处决。他可能一天法也没学，但逐渐知道分寸。我觉得他可能是一个无君无父的孤儿，像只飘萍在这世间漂荡。也许有一天他独处黄昏，会极其无聊。会对这营生感到前所未有的厌恶。但是这营生就像一份在公安局打字或者一份在税务局看门的工作，深深地吞吸着他。每个人都需要一份工作将自己稳定住。工作可以称为家乡。

我看过一些小偷的电影，很奇怪他们都长着优雅瘦削的面容，总是西装革履。可能西服适合于遮挡，也可能是因为要向作案对象做出解释，你看，像我这样的人怎么可能是那样的人。还有一种可能就是面子。很少会听说，一个小偷出了号子后，会有人迎接。而且根据一些传闻，小偷和强奸犯在号子里会让人不齿。一个孤零零、无所依靠的小偷可能需要这样一套衣装来走进社会，尽管社会永远与他们隔离。这是他执拗的尊严。这尊严甚至用力过猛。因为在县城，极少有人穿得这么齐整。

他们很少成为谈资，人们除开要保护钱包，很少对他们的出没在意。有一天，当他们失踪，在喜欢议论事物的县城，也一定是无意义的失踪，不值得大惊小怪。就像一片废纸被雨水冲入下水道。他们比不得抢劫杀人者来得让世人惊愕。

前些日，一位来自远方的朋友给我讲了一个故事。一个人杀人越货，罪大恶极，因为某个细节处理不当，被警方捕到行踪。他仓促跑到一个隐秘的朋友那里。我们可以设想警方的追捕力度，就像在各条路线悬起巨爪，也可以设想那仓皇之人，如鼠四窜，最终所投奔的人一定是最不可能出卖他的人。他在那里深居简出，直到稍觉平安，才敢辞行。哥们儿给他买好车票，让他趁夜出行，可是等他赶到停车场，便被布控的警方抓获。

这位朋友说，案犯极快地交代了所有罪行，唯一关心的是谁举报了他，直到被押进刑场，他还在转头问这个问题。这让警察们很纠结。如果告诉他，会违反规矩；如果不告诉，又显得不人道。他毕竟是将死之人。最终没有人告诉他，他一直走向行刑处，走过某处——就像有一道生与死的分界线——他才像被狠敲了一棍的驴，沉浸进死亡的悲哀中，双腿发软、全身筛糠，像一摊泥一样软了，需要别人拖过去。

我在想，有可能是为了抵挡死亡的恐惧，他才一直纠缠于这个问题，他可能早就知道答案。也有可能是知道答案，而不敢相信。

我们一生会看到很多贴着标签与概念的报道。我们宣判了一个又一个的人，会做出诸如“有手有脚就不能劳动吗”之类的评论。当然，我们也很少知道他们会在某个下午听了一首歌，这首歌让他如此悲哀，为没有边界的生死，为那生就是死死就是生的孤独流出了眼泪。更多时候，他们像只动物准时出现在他们惯于出现的地方。

下　　贱

读中学时，县城的文化馆被录像厅占领，门口坐着一位阿姨，皮肤黑黄，画着绿眉毛，总是在打毛线。每当我们面红耳赤像一名侦察兵慢慢摸索过去，看那小黑板上的公告时，她总是把上面的内容大声读出来："陈宝莲，灯草和尚，三级片，你们不就爱看这个吗。"然后她将尺子架在票据上，撕下一张来。我交过钱，匆匆跑进去。我觉得我和她都极其下贱。

今天，我上网焦虑。我觉得我像站在阴冷的街角，大风刮过，有人跪在泥地里，扒下我的裤子，给我口交。她吹过几口，就大声哼叫起来。我每天写一千字时，是自在的，剩下的时间我大力看电影。我想电影多少不骗人。刚翻过的书没看懂，扔了，里边有几个字还是有印象，叫"礼物与危险"。网站既是礼物也是危险。我们毁了网站，网站也毁了我们。我们被自己的下贱无情地毁了。

向　上

库布里克《2001太空漫游》

向上的姿态。向上是群星、茫茫苍穹、肉身的约束（呼吸沉重与每个动作的艰难）、孤独，但同时是史诗。向下则是温暖的泥水、菜市场与男欢女爱。一位伟大的导演按照伟大音乐的旋律（施特劳斯交响乐《查拉图斯特拉如是说》，该曲灵感来自尼采的作品，风格庄严冷静、令人敬畏，开篇五个大胆的音符表现了人类升入众神领域的情景——罗杰·伊伯特；另有华尔兹舞曲《蓝色多瑙河》），讲述伟大物种（人类）朝上缓慢探索的过程。一小时四十分钟的电影恰当地表现出从史前到现在的缓慢感。电影里能看到伟大的科技和伟大的想象力。斑斓的时空旅行清晰、流畅而透彻，就像在生活中看见梦中一闪而过的花。

几乎没有半点按照观众意愿来拍的意思。像是傲慢自负的教授。观众大概有参与不进去的恼怒，就像小孩看着大人将自己撇在一边。

来自极为缓慢处的张力。

叙事冰冷无情。甚至取消了表情。同时取消的还有心理描写。哈尔9000电脑引起的震撼可媲美任何一名挤眉弄眼的演员。冲突就在极为缓慢、几乎像齿轮一样缓慢转动的背景中以极少的动作与语言凸显。包括两伙类人猿对水源的争夺、哈尔和宇航员你死我活的智斗。有些时候语言较多（比如开会），但它又只是作为背景存在。存在而突出的总是十来句干脆的话，或者十来个简洁明了的动作（它们很慢，但仍然简洁明了）。

小说的合法性

无论在哪种印刷品里，小字排版都比大字好看。出于保护视力的目的，我在电脑上写作时，惯用五号宋体字。而只要写不下去，便将已写部分设定为小五号字，就是想依靠那小字的柔和、美观与集体感告诉自己，它看起来还不错。小字会遮掩败笔对自己的刺激，有时楷体字也会。在洋洋万字的宋体字里出现一段楷体字，简直是广袤沙漠里出现一块绿洲。大字则在尽情放大你的失误。没人愿意老是被自己的文字掌掴。

因为害怕再次从最后一个字删到第一个字，我后来每写五六千字就发自己邮箱一份，标注存档。写作者就是每天和自己较量，一个他说：这写的都是什么玩意儿。另一个他被羞辱得不行，小声说：你看，至少在这里，这一段或这几句还是展现出近乎名著的风姿。他们每天纠缠于一块鸡肋。有时我唯一盼望的是结束它。就像一名战士盼望战争结束，一名修理工盼望修理结束。写长一点的东西，就像一名满身油污的修理工躺在汽车底下拿着手电筒与钳子不停查看，外边是旷野，寒星，叫天地不应，孤独而丧气。

小说写作有一个重大的追求，便是传奇。强调突转、发现、意外、神奇、魔幻、刺激。或者说这是魔鬼的引诱，是一种陋习，就像生活中忍不住要吹牛。我的小说的方方面面都感染了这种习气——你总是想看到对方惊诧的回应。这种回应有时是你存在的合理依据。但是传奇总是与合法性不和。就像两兄弟，一个潇洒、轻佻、自由自在，而另一个正直、严肃、不近情面，后者总是适时提醒前者的疮疤，让前者难堪。有时面对一个我自己都不相信的段落，我会向自己抗辩：这可是生活中已经出现过的事情。

但是亚里士多德告诉我们，不可能发生但却可信的事比可能发生但却不可信的事更为可取。那个兄弟冷冰冰地回答道。

如果以宽泛的角度看，所有文艺作品都有传奇的欲望。只要存在虚构，就存在着撒旦。因为这是作者与读者的契约。这是一份根本无法摆脱的订单。我昨夜就像被什么东西纠缠着，不知是什么让我不得安生，迟迟不能入睡。后来在梦中遇到审判。一个长得像老师一样的模糊身影对我说："注意，你写的是朝天放枪。"因此今晨起来我将那句话——"蓝烟像粉尘从枪口撒出来”改为“蓝烟像粉尘从枪口喷出来”。只有水平直射，烟雾才像面粉一样猛然撒出来。这并不是一个好的形容，但它至少避免了穿帮。以前也有一次纠结，我要呈现一个律师的聪慧，因此将他的话“一个体重六十二公斤的青年男子，在面对手无寸铁的只有三十九公斤的被害人时，怎么可能会强奸未遂？”改为“一个体重一百二十四斤的青年男子，在面对手无寸铁的只有三十九公斤的被害人时，怎么可能会强奸未遂？”。有好几天我高兴得不得了，认为制造数据之间的落差会渲染出一种效果，就像“两块五一斤”与“十元四斤”的效果不一样。但是同样是在那甜蜜蜜的自赏中，我看到耻笑。几天后，我将这句话改回去。因为，一个律师固然在生活中会这样表演，但在小说中就存在是否合法的危机，他可能给自己带来被动。我想他是行事深思熟虑的人，不会说这样不妥的话。因为只要公诉人站起来说，别玩这把戏了，一百二十四斤不就是六十二公斤么，他的品格就会遭到怀疑，往下他排山倒海的演说也将受到影响——我可不想让他披上狡诈的外衣做这段演说。

有时我不得不绞杀这些自以为是的聪明。

甚至可以说，一个像这样的、可怜的写作者，始终都得在自我卖弄与自我打击之间取得一个危险的平衡。也许有一天，当我放下包袱，以佛教一般的诚心去写，就不会有这些困扰了。

但是，至少是现在，我在提醒自己，只要是虚构，就会存在被人揪出是说谎的危险，必须承受这苦行，你并不是巴别尔、陀思妥耶夫斯基，简直只需要从自己大把的经历里择取一点写就可以了。你暂时还不是他们，或者永远不是。

我在写作中时常遭受的痛苦就是这个。我常在某一时刻懊丧，觉得一切都不合法，我创造的不过是泥沙铸就的城堡或者见热就化的雪人。有时我对自己热爱的作家也会极尽挑剔之能事。我承认《平凡的世界》是汉语世界里罕见的大推土机、大规模式写作，有一种接近失传的俄罗斯式写作野心，但同时我也憎恶他让农民子弟孙少平与县领导的女儿晓霞上演纯洁的恋爱。我相信在中国大地上，一定有这样的伉俪，一定有这样的故事，但从普遍性与合法性考虑，我觉得农民子弟攀附县领导女儿的故事会显得更真实可信。虽然这样直说会让人不舒服。我觉得路遥表达的只是一种卑微而美好的愿望，是一种梦，类似于民间流传的牛郎织女的故事。是一种意愿。有可能就是意淫。我认为是白话文写作最杰出作家之一的余华，也在长篇小说《兄弟》中显出败笔——他写一个男人隆胸，虽然在生活中可能有这样的事发生，但是呈现在小说文本里，却极为怪异、突兀。虽然小说的目的就是要写社会的荒诞，但这样的怪诞行为发生在一个老实的男人身上而不是一个本身品性就很怪异的人身上，着实让人想不通。

我认为，汉语短篇小说里，传奇与合法性、震撼与合情合理兼具，既让我们觉得像噩梦一样不真实，又觉得它真实得就像刚在窗外发生的作品，是余华的《现实一种》与刘庆邦的《神木》。两篇堪为神作。

明显的错误就像是脑袋上长的瘤一样醒目，我们没办法总是遮掩它走过街市。而我大多的痛苦都纠缠于此。一位写作者凭空建立一个世界，第一步是取悦，紧接而来的便是取信。有时，这种质疑就像四面八方的风吹着写作的破庙。

很多年前，我不知道小仲马为什么在《茶花女》的开头如此絮叨：因此，我请读者相信这个故事的真实性，故事中所有的人物，除女主人公以外，至今尚在人世。此外，我记录在这里的大部分事实，在巴黎还有其他的见证人；如果光靠我说还不足为凭的话，他们也可以出面为我证实。

后来我懂了。一名叙述者，不是你想说就能说的。写作者在设定叙述人时，一定要让他具有那种在场或参与的条件，一定要让他具备知晓的资格。否则还不如采用上帝视角。虽然来自受限者的讲述天然要比全知的上帝视角更可信。

这是我最早接受的合法性教育。

小玩意儿

卡萨诺瓦《冒险与艳遇：卡萨诺瓦回忆录》

蝴蝶效应：

在六十岁时，卡萨诺瓦就着图书馆的无聊时光写下回忆录。他讲述自己如何在女人这个战场上得心应手。例如：某周六，卡萨诺瓦自帕多瓦返回威尼斯，乘的是一辆轻便马车。他说："如果我提前或是错后两分钟离开帕多瓦，我今后的生活一定会沿着另一个方向前进。"

就是这两分钟，他看见对面一辆马车翻了，一位女子摔出来。卡萨诺瓦由此认识女人与她的情夫P. C.。P. C. 负债累累，唆使卡萨诺瓦追求他的妹妹C. C.，以能得到卡萨诺瓦的汇票。C. C. 的父亲觉得C. C. 太小，不能草率结婚，便把C. C. 送到修道院。因为常去修道院探望，卡萨诺瓦得到C. C. 在修道院的好友（M. M.）

的爱情。M. M. 利用一名外交官情夫的别墅与卡萨诺瓦幽会，而这幽会又被外交官观摩。此后M. M.、C. C. 与卡萨诺瓦同时幽会，C. C. 又与外交官萌生情意。郎情妾意，四人竟然混得友谊万古长青。事情终结于卡萨诺瓦租来一间房子，在那里，他遇见一位十五岁的厨娘。因为她，他对M. M.、C. C. 的永恒和忠诚变得一文不值。

承诺：

“那好，那您就证明给我看。躺到我身边来，瞧吧，我是不会碰你们的。再说你们是二对一，有什么可担心的呢？如果我不老实，你们不会离开这张床吗？总而言之，如果你们不同意用这种方式来证明对我的信任，那我就不上床。”卡萨诺瓦如是说。事实是他假装睡着后不久，就将她们办了。十八世纪的话，言犹在耳。

神奇的纪念品：

卡萨诺瓦在奥尔萨拉港口上岸后，发现一位衣着体面的男子认真打量他。来者是名医生，他请卡萨诺瓦赏脸来府上吃顿饭，并称卡萨诺瓦是恩人。在医生家里，医生说他在这个城市行医二十年，一直生活困难，但现在却非常宽裕。

“我不明白。”卡萨诺瓦说。

“您听着。”——此后医生说，我的上尉，您曾给本地好心的某人的女管家留下一件可爱的纪念品，她把它传给了一位朋友，这朋友又传给他妻子，他妻子传给她情人，这情人很够意思，叫我在一个月内接待了五十位病人。后几个月也是成果显著。——“我给所有的病人看病，着实敲了他们一笔。”

脂粉骷髅：

关于美在一个人身上沦陷，一个肉身还在留恋美色，卡萨诺瓦的眼睛是刻薄的：我在想象中以为她是个放肆泼辣的女人。可事实超出了我的想象。您只要想一想，一个六十岁的女人还要在脸上涂脂抹粉，这足以说明纵欲的生活在她脸上留下了丑陋的痕迹……我服从了，可感到一阵恶心。她那难看的胸脯会引起最勇敢的人的恐惧……我简直不知道是怎么回事，只感觉到一张黏糊糊的嘴贴在我的脸颊上，一只手无耻之至地在我身上乱摸，我浑身都哆嗦起来了……

“让我看看，我的小公鸡，你是不是……”

我把她的手推开。

最后卡萨诺瓦以自己“有病”为由，甩脱了对方。

小玩意儿：

卡萨诺瓦将远行时，和一位爵爷开赌，转眼间赢光对方。爵爷去取汇票，卡萨诺瓦调戏爵爷身边人，后者含笑许之，要求将赢利部分对半分。爵爷回头拿来汇票，说是银行死板，需要担保人，卡萨诺瓦便担保了，并帮爵爷取出钱来，爵爷支付赌资。双方意犹未尽，聊到女人。朋友妻不可欺，卡萨诺瓦终归忌惮，可是爵爷说，她属于任何人，十基尼就可以了，当然还可以加点小玩意儿。

卡萨诺瓦为了这女人花了十五基尼。他理解的加点小玩意儿就是加五基尼。十天后，女子失踪，爵爷亦失踪，法院传票到来，说那是张伪造的汇票。而卡萨诺瓦也终于知道，所谓的小玩意儿是性病。卡萨诺瓦带病逃亡，人生一时走到冬天。

卡萨诺瓦捉奸：

“我立刻去那位可尊敬的女监护人的住处，并希望证实仆人的判断。我走了进去，遇到科迪切丽的母亲舒适地坐在女房东的旁边，我一声不响地向她女儿的房间走去。就在这一瞬间两个老女人抓住了我，想把我拖回来。她们说，小姐病得很重，需要好好休息。我把她俩推开，拉开门，发现那位风流先生正忙得不亦乐乎。

“‘请您原谅，先生，我没有敲门就进来了。’我嘲弄地说，‘真的非常遗憾。请原谅，再见。’

“‘看在上帝的面上，您等等，您等等！’”

——寥寥两百字，烽烟四起，读者扑都扑不灭。

越狱：

在铅皮监狱，在床底下，卡萨诺瓦挖好一个洞，快要成功时，被换到另一间牢房。在另一间牢房，他挖天花板，正当此时，牢房内被安排进一名喜欢告密的人。卡萨诺瓦款待了这名无赖，酒后趁人家感恩戴德说，你帮我带封信给外边某某，因为你比我先出狱。结果过几天卡萨诺瓦索要那封信时，无赖拿不出。那封信的内容无非是自己改造得很好之类的话，这样就测试出对方的可靠度了。后来卡萨诺瓦利用对方的歉疚，以天神的名义宽恕，并进一步利用对方的信仰，装神弄鬼，谎称天使从天花板显灵，让从天花板那头过来的同谋震慑住无赖。

至于有同谋，都是用书发展来的。卡萨诺瓦想看书，就找管钱的狱卒去买，可是狱卒想贪污下这笔费用，就建议卡萨诺瓦和牢友互换书籍。卡萨诺瓦当然同意，在书脊里放了很多纸条。

写　作

◆ 梦好像在不可思议与真实间架设通顺的桥梁，使我们的经验疆域逐步拓宽。我之所以噩梦连连，是因为喜欢白天睡觉，窗帘是白色的，薄，且只能挡住两扇玻璃中的一扇，上回因为晾衣架的不慎割划，窗帘还裂了一个大口子。为了少做梦，我将黑色口罩改造成眼罩，戴着睡觉，从此少梦。

◆ 写就是无法抵达。为了写打台球，我到网上打了六小时斯诺克，所有的焦躁都被激发出来，对手出杆慢，我就说："患得患失，蝇营狗苟，贱人，把便秘当人生，我操你妈，你妈×，你奶奶也是贱人。"对手都跑了。最后我得到一句体验：每次我打球，心里都会涌出一种不如去死的恶心。

◆ 世上一定有此人，他每次都说是最后一把，结果一直在最后一把，他便跳楼死了。

◆ 写只有两样：敏感与纪律。敏感是释放，写作者是心灵上的烧伤病人；纪律是克制，克制那些放出来的野兽，赶回去一些。我比别人懂得克制，可能是因为没那么多才华。穷人穿衣服干净。

◆ 不成功的自传都有共同点，就是辛苦自辩。而且特别喜欢用一些极端的事来完成自辩，以示自己是个纯洁、正直的人（至少是个过得去的人，像“读者您”一样）。但是这种伪饰一眼就能看出来。不诚实的文字，写得越多，糟蹋自己与别人的时间越多。

◆《茶花女》的基础设置：概念为美好，通过摔碎美好，使美好凸显，分四步：A. 设置主角为妓女；B. 赠予玛格丽特肺病；C. 将玛格丽特在孤独中弄死；D. 开启棺材，让读者目睹风华绝代者眼窝空洞、脸布绿斑的遗容。

◆ 写作的耻辱在于，总有一位无形的长者，他是你的共谋，告诉你怎样才能骗到读者。演讲的耻辱也是如此。效果的奴隶。

◆ 我写东西，急切，一步到位，仿佛销售员向家庭妇女介绍锅的功用。处处卖弄事情的前因后果。而好的作者会停下来从情态入手，情态这个字是合适的，就是一种状态，包围你笔下人物的气氛。好的写作，文字明白、清楚，像阳光下的水流，但在文字之下潜藏着暗流。这股暗流模糊，不可状，但实实在在存在。它是由读者和作者一起完成的。这个是写作的密码。好的写作是把文字清楚地传递给读者，就像将蚯蚓慢慢伸到水里。

◆ 阳痿病人，在每次失败之后都会疯狂自证。不幸的写作者也如此。

◆ 山鹰社攀岩，攀上一个石块可能要费十来分钟。非常吃力，吃奶的力。我觉得我现在写东西也是这样。一句话十来分钟。

◆ 吃饭时偶然与王晓老师坐在一起。他说写作就是克服自己道德和智慧上的优越感。于我而言，大概还要克服没必要的自嘲和自怜。

◆ 这个叫《猫和老鼠》的小说毁了好几次，这次是第几次重写忘记了。每次写到一定程度时，我就会从前读起，越读越没信心。我憎恨自己过去所有的作品，觉得它们对不住我。我在读别人的东西时很能看到对方的长处，但我掌握的都是自己的弱点。

◆ 因为你喜欢一首歌，网站就把演唱者其他的作品也推荐给你。豆瓣FM。这种智能性有如岳母，看见你吃了一种菜，将这一盘都夹给你。作者也会受到读者这种引诱。

◆ 深刻的角色一般是不出现的，比如《一九八四》里的电视机。被国家改变命运的子民，他们也是看不见国家的，他们看见的是广播的喇叭，里边传来遥远而坚定的声音。震撼的女声。让人不得不笃信的腔调。隐藏的后果。

◆ 有很好的老师告诉我小说结尾的开放性，这是一个选择。但是我自始至终不敢放弃终点。小说在我的理解里，和电影一样，有明确的终点。我害怕看到一部没有结论的电影。

◆ 大作先是易解的，标题：人生痴人说梦，充满喧哗骚动，无意义。背景：祖上显赫，文有州长武有将军，如今南方没落，只剩破宅一间。人物设计：爹醉醺醺的。妈总觉得自己吃亏受气。老大死要面子，老二奸诈，老三白痴。女儿浪荡。结构：一人说一段，说完拉倒。——《喧哗与骚动》。

◆ 当我意识到，我思维的马再追不回那异兽时，差点泪流满面。整一天，我气急败坏。

◆ 海明威像是市集的纪念品，福克纳是攀爬艰难的孤庙。在那积满灰尘的殿堂里，在每一条走廊的每一根灯柱旁边，任何一幅壁画都无可挑剔，一眼看出就是花了很多工夫制造的。而这所有的、无处不在的艺术品全由他一人制造。如今游客也只有三三两两。很多人可能只在山脚下借它为遥远的背景拍一两张照片。

◆ 萨基说，马拉多纳是他唯一愿意跪在场边为之哭泣的球员。我愿为之哭的是福克纳。这种哭泣不是受到内容的感召，而是受到艺术品本身的刺激。

◆ 以前的文学喜欢将妓女描写为带翅膀的女人，现在，妓女变成鸟类，羽毛只剩几根，肮脏而艳丽，疲乏地展示自己，时而在制服大踏步追来时笨拙地逃亡。一般想逮都能逮到，逮到了让她赤身裸体地拍照，并扛在棍子上扛回局子。妓女是一种猎物，外边和她的关系是狩猎。

◆《局外人》：局外人是被动的，无为的，无所谓的，被扯入事件的，超然的。因为对他怎么样都可以，他被演绎为冷漠和阴险。

◆ 日出的过程：黑蒙——青灰——远处弱红，是太阳的羊水——太阳出来，如橙——纯金——金色慢慢熔化，像是烧坏了——如镜面，白色——如探照灯——最后成为一个强悍的发光体，肉眼不可逼视，像恐怖的光明之洞。观之有灰烬感。

◆ 逃生的隧道：犯人收到一张明信片，研究上边的邮票，邮票是一间民居，里边住着一位乡村教师，教师看墙上的画，画中的古代仕女在等待情郎，手上有一本书，书是炼丹人写的，预言未来有一列火车，在火车里坐着一位长者，他热爱着自己一位坐牢的后辈，他就要带着“刀下留人”的指示来救他了。

◆ 充实的时间就像被压缩好的牛肉，纹理清晰，经嚼。

◆ 那眼神犹如两人拥有同一种方言。

◆ 一个比喻：大雨下过后，还有些零零星星的雨滴在外边的石棉瓦上，就像懒散走动的马蹄声。就像马在野外朝寒冷的夜懒散地走过来。

◆ 前数日偶遇程益中老师，他说看过《美国往事》后，有将人物关系、性格、彼此牵扯画成图表的冲动。

◆ 见人写乱伦，写男主人公与其母被迫睡在同一张床上，其母用手指在他背上写字，雷池就这样逾越。这是一个很好的细节，是解决问题的钥匙，很多情爱小说或者电影都没有找到这把钥匙。

Y

痒

一个咳嗽的人总是命令自己，忍住不咳，忍住不咳，但总会咳的。一个赌徒也如此，不要在牌烂的时候出手，不要寄望于小概率，但他总会忍不住。

邀　赏

博尔赫斯《小径分岔的花园》

不知这是第几次读这个短篇。它让人产生类似吸烟的快感。我将它视为某种应该戒灭的东西，就像僧人脑里的酒肉女人。我的阅读一直在抵抗中进行，我抵抗那些使我过于舒服的读物。我一度将博尔赫斯定义为文学的小妾。电影界的诺兰也是如此。但是《小径分岔的花园》几乎出现在所有的选本里，只要我翻出其中一本，就有这篇，另一篇是福克纳的《献给艾米莉的玫瑰花》。我每次翻开一本，就会找到这篇《小径分岔的花园》，读进去。就像克制力很弱的男人又一次走向鸦片铺子。博尔赫斯提供了诗歌一样考究的语言、神乎其神的智慧和侦探小说的新模式。关于间谍俞准的故事，其美好，就像一九九八年罗伯特·卡洛斯在法国四国邀请赛上罚进的那个任意球，它绕了一大圈，看起来要朝天上飞去，却以极震撼极干脆的弧线飞回球门内，飞回到那原定的目标。

“审美观需要读者与作者两者结合。”博尔赫斯说。在与读者合谋方面，他是做得极好的。但这仍抵挡不住我的愤恨。每次我想离开博尔赫斯都是因为，我看到这个老人站起来，在裤腿上搓搓手，貌似矜持其实是贱兮兮地看着我——他在等待我的赞赏。他在等待读者对他个人的聪明进行礼赞。让我有同感的是马尔克斯。在臣服于他很多年后，我终于在他的每篇文章里都看到热闹的东西。马尔克斯太热闹了。每一个句号后边都有他期待地看着你的目光。我实在讨厌这些摇着拨浪鼓的乡下贩子。

博尔赫斯最可惜的作品是《永生》。它在哲学上的前景是如此灿烂，然而被惯有的技法弄成了一个精致的把戏。我从来也改变不了博氏的伟大，但我要抵抗住他在机巧方面对我的诱惑。一个人做了机巧的事，总是止不住要停在原地，看着别人欣赏自己的创造。

一 锅 端

独生子和妻子商量给十二位长辈做一顿晚餐。十二位长辈分别是独生子的父母、父母各自的父母，以及同为独生子女的妻子的父母、父母各自的父母。他们穿着代表贵族梦想的袍子，带子经常松开，毫无羞耻地露着干瘪的乳房。无论男人女人，都有一对干瘪的乳房，像是挂着两只经过泥水浸润的破裂气球。他们整日躺在那还可以算作是床的沙发上，有时会发出声响极小但极为恼人的呼喊。在没有得到回应时，他们用仅剩的大门牙辛苦地啃着桌子。他们是十二只白发苍苍的老鼠。独生子和妻子商量用敌鼠强做一顿晚餐，一一喂给他们吃。可以想见，他们一边流泪，一边吃得吧唧有声。然后，在过了十分钟或二十分钟后，这些习性上已瘫痪的老人会一个个跳起来，在房间里冲来撞去。直挺挺地，就像鹅猛然伸直脖子，死掉。

“那他们生我们还有什么意义？”妻子问。

“他们生我，就是等着被一锅端了。”丈夫回答，“我们就像各自扛着一棵枝繁叶茂的大树，已经扛不动了。再多的鼓励和再多的指责对我们来说都没用。”

“那我们的孩子呢？”

“我会给他一个交代的。”

一击即溃

忠伟受马歇尔·麦克卢汉一句话的启示（“媒介即是讯息”），写了三年心理专栏。他断定：那些冷冰冰的外在媒介，正前所未有地修改人们的修养。在孟姜女和万杞梁的时代，忠诚是毋庸置疑的，但在电信出现后，操控配偶的成本大幅降低，人在怀疑方面的潜能被激发出来，因此忠诚变得瓷器一般脆弱。在他列举的案例中，有的人仅仅因为手机自动关机而分手，因为对方无法相信这是机械事故。有越来越多的人喜欢通过电话证明恋爱，他们觉得自己既然正在狂热思念，就有理由及时表达，他们得到的答复多半难以匹配自己的热情，因此感到被忽视。但他们很快又宽容起来。这宽容不是为着别的，仅仅只为着弥补心里的一丝愧疚，因为打电话还有别的目的——侦察对方。他想确证她是不是和一个男的待在一起。她固然是会和一个女的待在一起，但也有可能和一个男的待在一起，这是50%

的概率。说白了，这不是男女授受不亲的时代，和一个男的待在一起有什么不妥吗？他这样想。不久又想，即使是最自信的狮子，也或多或少忌讳领地内的母狮出去和其他狮子接触。这是嫉妒。有时是关系撕裂的开始。

忠伟管手机叫“爱情之癌”。

他不是一个严谨的学者。但就像一个偶有长处的人容易被镜中的自己感动，他也在持续写这些专栏后，变得悲观绝望起来。他相信无孔不入的手机正在将爱情逼向角落，人们变得越来越仓促、尴尬、暴躁，就像赤身裸体站到探照灯下。他不相信灵魂上的庄重最终能战胜技术的简便，爱情将越来越奢侈，就像只吃竹子的熊猫走向灭绝。

没有比将忠伟投放进一场恋爱中更好玩的事了。就像往禁欲者的被窝塞入赤裸的妖姬，或者让道学家的银行卡多出一笔横财。忠伟和她如何认识并不重要，有可能是因为她偶尔落寞，有可能是因为她搂着肩膀在路灯下无声地哭，也有可能是因为骄阳汗湿了她的发梢，总之他的心柔软起来，出现想拥着她走的冲动。

她投桃报李。

在起初的接触中，忠伟表现得谨慎。大部分知识分子都是缓慢的，无论心里有多大的愿望，在期待的事物出现时都会稳重（以克制因眩晕带来的失态）。他们想吃燕窝，必得先将周围的青菜竹笋吃一遍。更何况在理性时忠伟根本不信爱情。“不相信”就是平安的床铺，只要觉得苗头不对，就会快快回到那里。因此他像小气的赌鬼，一块筹码一块筹码地往下扔。一切靠她维持，她一步步带动他追加投资。终于在某天，他豪爽起来，将最后、所有的筹码一把推进赌池。

那是个下着大雨的夜晚。街道有一尺深的积水，路灯晦暗无光，因为狂风伞也变得毫无用处。他走到窗前。雨点像子弹一样密集地袭击玻璃。天已经很黑，在黑中又起了一层雾。他想约定自动取消了，他和她不能于当夜一起搭乘飞机离开此地。就是他自己也无法赶到机场。就是飞机自己也飞不起来。

他尝试打电话说明这个意思。无人接听。

约定时间过去一小时后，他换上睡衣，上床看了会电视。他的眼睛对着屏幕，却看不进任何内容。他因此蜷缩得更紧。这时房间就像孤立在世外的城堡，他不抱任何希望。但是不久房门被惴惴不安地敲响。起初他以为是连绵雨声带来的幻听，很快又跳下来，紧张地走向门边。拉开门前，他系好睡衣带子，尽量让赤裸的腿少露出来。

“对不起。”

她头低着。

“怎么了?”

“我来晚了，还将手机掉进水里了，你一定很着急。”

这又算得什么。他将她抱在怀里:“可怜的孩子。”她的头发和衣服像是柏油一样粘在身上，红色的胸罩显现出来，变成湿答答的黑色（像发霉的黑馒头），手臂、脖子、额头起着极其夸张的米粒疙瘩。她这时真不好看，却让他内心深处抽搐。她的肩膀仍旧在抖动，因此他抱得更紧。

“对不起。”

她这次说时轻松下来，仿佛已领受到宽恕。接着她说:“我们抓紧收拾走吧。”

“傻瓜，你会得病的。”

“不会。”

“怎么不会？你得休养。”

在他的一再坚持下，她答应先烤烤:“烤一烤就好。”他取来电暖器，灯管慢慢烧红，房间忽然有了归宿的意思。对他来说，是这种感觉，她却仍旧待在害怕中，紧张地扯着衣袖烤。“脱下来!”他就像一名家长下达命令。她迟疑地看着他。“脱!”他充满义愤地重复道，“否则你会得肺炎的。”

她判断着他的意思，扭捏几下。他知趣地转身，她便快捷地脱下衣物，像丢一堆恶心的垃圾那样将它们丢在一边，然后快捷地穿上他递来的内裤、睡衣，像只兔子缩着身躯蹲在电暖器旁。她试图使自己干燥得快一些。他说："别急，慢慢烤，烤暖了身子再说。"

她因此涅槃重生，手臂和发丝逐渐冒出蒸汽，脸色红润起来。她傻笑着，睫毛扑闪。

在此前两小时，她经历过的就像马尔克斯小说《我只想来这儿打个电话》所写的那样，"绝望地向冒着大雨奔驰的小汽车和载重汽车打了一个小时的手势"。结果稍有不同，二十七岁的墨西哥女人玛丽亚·塞万提斯错误搭上一辆开往精神病院的车，而她搭到的只是一辆驶向城郊的小轿车，那司机既不坏心也不好心，捎到岔路口后将她留在那里。后边的情节有点像电影《真情不朽》，贝多芬去寻找他一生中最爱的女人，马车却抛锚。她在岔路口拦停一辆小三轮，行进几公里后猛然熄火，再也无法行进。等待贝多芬的女人最终成为贝多芬的弟媳妇，而他忠伟也可能从此将她逐出心房。

"有一天，贝多芬领着朋友辛德勒行走在乐曲中，后者听不懂，贝多芬启发道，你是不是听到马车陷入泥中，人在停滞中的焦躁之情？辛德勒慢慢听出来，热泪盈眶。我也是这样，我当时就像奔跑在茫茫荒原，看见你像聋子一样飘向天空，你听不见呼喊，一个人越飘越远，越飘越小。”

他默然以对，脸上闪现着海啸之前罕见的平静。在心里，他那稳守多年就像寡妇稳守贞操的信念土崩瓦解了。“我也是。”他说，然后走向书柜，翻出一份剪报，指给她看：“就在上个月，有一位女大学生，年纪和你差不多，在大雨里走着走着，掉进下水道，永远消失了。我总是在拨打你电话，担心你出事，我不惮以最坏的猜想来担心你。我站在窗前极其孤独，想出门去寻找你。我不想让你在险境面前孤立无援。”

其实他只拨打了两次，鞋也是干的。但这会儿他相信一切都发生过。甚至他还想到自己在雨中奔跑，就像承受丧子之痛的父亲那样张着哑巴式的大嘴，痛苦地奔跑。她摇着头，眼泪一直流到下颌，在那里悬挂着。

他们因此忘记远行的事，睡在这代表幸福终点的床铺。当忠伟深入她的身体时，感觉自己从来没有这么深也没有这么广地热爱过一个人。“就是让我去做你的一个肾也可以。”他筛糠着说。这是一种普通村民与圣母玛利亚行奸的感觉，充满负罪感，又极其受宠。他无以表达，只能哽咽。而她似乎更恐惧，锋利的指甲像野兽，深深抠进他背部，她说：“我从来没有想到会得到你，这种得到就像失去。”他摸住她的头，好好看那张认真的脸，直到将她眉心和脖颈后各一颗痣看得清清楚楚。

“人类最原始的快乐使他们变了形。这快乐既短暂又永恒，既平稳又善变——他们像蓝天中高飞的鸟儿，飞得太高，看起来就像静止不动一样。”萨达特·明都这样写高潮，这也可以用来形容忠伟和她。他久久停滞于此。

在过去，射精就像烟花升空，既是极致的绚烂，也是极致的寂寞。忠伟总是感觉任务业已完成，为着体现风度，不情愿地去替对方扯卫生纸，后来也不愿相向而眠，有时甚至还匆匆穿好衣服走掉。但这次，他就像一个孩子巴在将要离去的汽车上那样，极其留恋。他开始吻她并不嚣张的胸部——她的乳头内陷，据说需要生育之后才会伸出来。但在他像一只豺疯狂地叼吸它时，它随着整个身躯的剧烈起伏苏醒过来。他因此将头埋下去，吸她那专有的味道。她身上既有雨的腥气，也有纸燃烧时那固体般的厉香，更深处则是处女一样的奶酪味，那身体内部的味道像雾阵阵散开。没有一滴香水味。

她的每个毛孔重新扩张开，仿佛在要命地呼喊。腿紧紧夹住他的腰部。

他们平躺下后，陷入悲壮，就像明天都要死了，这样的福不再有了。为着表达感恩，他们说：

性是建立在爱的基础上的。性和爱分离，与手淫、兽交毫无区别；

性是合二为一的追求，当事者存有一颗永恒之心，我们仿佛从原始社会开始就认识，还会坚持到很远的世纪，直到一起毁灭；

世上最大的幸福是我爱你，而你也爱我；

因为爱，我们在彼此身上做什么都会得到对方的欢喜。

忠伟最后迫不及待地说："以前我总是活得聪明，不受任何损害，今天我明白了，聪明也使我从不曾得到。如果要在聪明和愚蠢之间做出选择，我现在宁可选择愚蠢，只有愚蠢才会使人享受到真实、纯朴、美妙、完整的爱。"

她拼命抱他。一次次张开手臂，一次次凶狠地抱紧，就像他的肉身是阻碍她融化他肉身的障碍。他想没什么比这个更成为忠贞的证据了。几天后，因为一件事她不得不离开，他们像极其黏稠的麦芽糖，拉扯了很久才拉扯开。当他送到不能再送时，她还让他拉开车窗，对着他的额头吻着。

出租车在履带一样的街道奔跑，眼前是暖黄的阳光、重新穿起单衣的行人以及一幅又一幅招牌，这些和他有关系，又没关系。他有很多绝望的幸福要讲，但是世界上没有听众。

回家后，忠伟一直发呆。枕头上留有头痕。蜷曲的被窝让人想起，她的腿像蛇一样夹过它们。一只拖鞋在卫生间，另一只在门下，她喜欢赤脚。喝过的半杯水还在。他的内裤和衬衫叠在床边，她曾穿着它们坐在雨后清晨的窗台上，海风吹过长发——这间房子全部是她来到、她看见、她献身的痕迹。现在只剩忠伟一人，像根傻 × 木头。

忠伟想到一句诗：一时是开满鲜花，百鸟鸣；一时是风吹破庙门。又想到一句：过尽千帆皆不是。他站在窗前俯瞰楼下有限的街道，那些车辆忽然出现又慢慢消失，感触就是这样。他也想到望夫崖。他确定自己正倾尽所有、不可救药地爱她，因为近乎刮骨的思念。

这就是穿越历史、战争与科技的永恒之爱。

几个时辰后，他忍受不了在茫茫宇宙孤身跌撞的感受，拨打她的手机。他又送了她一部新手机。这时她应该在吃饭，但他管不得了。他只有一个目的，像吼一样告诉对方，我爱你，想你想得好苦。

几乎在他拨通的同时，她接听了。

“喂，您好。”

她这样尴尬地说。

“谁呀？”

在她旁边有一位显得焦躁的男子。

“您好，您托我办的事我会办好的，我现在正和朋友吃饭，先挂了。”

忠伟半晌回不过神来，心里连续冒出三个词：操，干你娘，丢你老母。过了一会他试图让自己明白这只是误会，就像《茶花女》里的妓女玛格丽特·戈蒂埃，为了赚到与情郎足够生活的费用，冷落情郎阿尔芒，短暂应酬有钱的公爵，去当干女儿。敏感的阿尔芒误会了她，在心灵上对她报复，终使她郁郁而终。

难道她也是这样?

这怎么可能?

这分明是一次愚蠢的失误。她既不想因为不接电话而怠慢我，也不想因为接听时话语亲密（在这时我的嘴里除开“我爱你”还会有什么？）而让那个陪她吃饭的人伤心。从他清晰的询问声（“谁呀”）可以判断，当时他就坐在她身边很近的位置。

忠伟内心一阵绞痛。

她说得手忙脚乱，就像仓皇将头埋在草里的兔子。却是没有比这更伤人的了。忠伟冰彻至骨，感觉彼此相隔万里。不久以后她打电话来，极其歉疚地解释刚发生的一切，她连编谎都不会编，越编漏洞越大，因此忠伟像输光的赌徒那样眼睛通红地看着奖池，想怎样往兜里回收一点筹码。能回收多少就回收多少。

姨　娘

安徽许生讲他有一位姨娘，极其辛苦地离婚（家人反对、子女一堆还都大了、自己头发花白）。姨娘是有一些底子的，可是如今那些属于底子的都成为可笑的部件。姨爹是位非常老实的农民。敦厚。几乎没办法抵抗这种决定，就像没办法抵抗工作队从他家里拉走牛，或者洪水冲走他的牛棚。而姨娘看中的竟然是名劳改犯，他是外地人，因为一件可鄙的事情被关起来，关到后来就不是关，就关成个当地居民了。说起那件可鄙的事情，真丢人，有好几个版本。姨娘结婚那天，许生他们小辈的都去看了新姨爹，嘿，这个眼角都是眼屎喜欢不停喝酒的外地佬，这个老头，慢慢地就在炭火旁边睡着了。要不是姨娘去拉他起来，都还不知道他已经软绵绵地死了，裤裆里有一摊臭烘烘的屎。

医　院

看病如赴集市。咨询处的大娘好脾气快用光了。每个人兜售奇瓜异果。不停地广播（请，肝脏，21号），礼貌而压制不住愤怒、长着一只好阴部而又不得不在这儿上班的女孩疲乏地广播。人们的声音塞满每个缝隙，快要把我抬起来。浆浆汁汁。脓如泉涌。五百个老人一千只眼球。四十亩整齐的稻谷等待一把锋利镰刀。

影　响

电视剧的台词越来越脱离生活，但是你会发现这样的台词会在生活中找到印证，有人会这么说。这说明一些生活者也在脱离生活，他们用电视剧的道理、哲学和台词指导自己的生活。我的小说准备使用一些这样的台词，因为它贴近了这批生活者的无聊生活。已经有不少人跟我说："做人呢，最重要的是开心。"

应　　许

1

假如我是上帝
我将在子夜提上装了
消音器的猎枪
跨上棉花包着蹄子的马
我像隐形人一样奔上街道
在街道转圈
然后在月光之下，命中
一辆像野兽一样冲出笼子的黑车
一群像野兽一样冲出笼子的青年
我命中他们的天灵盖和发动机
假如我是上帝
我就会这样，因为

汤姆、约翰和乔都在向我祈祷
他们向阿拉伯数字祈祷
向绵羊祈祷
向苹果和牛奶祈祷
也向我祈祷

2

假如乔、约翰和汤姆向我祈祷
让那些按照交通规则轧死行人的车辆
滚出这座城市
我也会照办
我会带上一把锄头
在它们将要拐行过来时
敲掉它们的挡风玻璃
以及司机自信的额头
我让它们和他像一只放到水里的纸船
带着我的惩罚自生自灭
在街道的河流中翻滚、沉没

3

假如他们什么也不祈祷了

我就向我自己祈祷

永　生　者

一名独裁者赢得了人世唯一的长生药水，成为人类唯一持续活下去的人。他最终被政变，被绑在柱子上，供世世代代参观。时间吞噬他，他疯了。后来有后代的疯狂青年将他救下来，让他去组织革命，星星点点搞了一阵子，就失败了。跟随者一窝蜂跑了，而他又被逮回去，继续锁在柱子上。

幽 闭 I

梦中，舞台上方有圆柱体的光砸在台中心，构成一间圆形的厕所，一个人推开厕所的门，进入，关上厕所门，关死。圆柱体光亮、透明、集中。之外便全是黑暗。那个人后来一直在尝试打开门，却永远没打开。所有观众屏着呼吸在看。

幽 闭 Ⅱ

又被关在厕所里了。怎么也扭不开锁。抽水马桶，一卷卫生纸，四面墙，纹丝不动的嘲讽。门外是酒杯相互碰撞的声音，尖细、颤颤的回音，人们走来走去。我怎么办？我被可耻地放逐在这含义肮脏的地方了。难道要持续向优雅的上流社会咆哮（救命啊，救命）。这如何开得了口？但难道我就要憋死在此地吗？

这竟然是间被遗忘的厕所。我他妈是怎么进来的？它的最后一次锁死（就在我走进来时，我恭恭敬敬地锁好它）就像是棺材钉上了钉。从此人们知道有这么一个地方，却再不造访。就像知道有一块墓地。当我想到不可能有人再来时，湿漉漉的汗从背部冒出来。我想起曾做过一个梦。一位女孩独自来到世界之都，当她坐上一列过山车后便永远地失踪了。她的父母为寻找她最终去了精神病院。父母的死亡使她的存在像是脱了线的风筝。

也许只有等到尸水从门缝流出去，人们才会想到我的存在。

我拍打着门。嘭嘭嘭。我感觉人们停下脚步，一起望向这里。等待着。就像围在湖边，要看着变成落汤鸡的绅士被打捞出来。羞辱感使我愈来愈愤怒，我加重拍打的力度。但没有作用。谁也没注意到。他们在嘘寒问暖。我连握手的声音都听到了。最终只有服务员——也许以前也有人不小心推开这扇门——警觉到这里有人。他像是听见活埋者从土地下面敲击出的声音，热忱地用手掌回击，表示组织来了。我他妈要哭了。我从没感到温暖如此强大。温暖就像冒着热臊气的尿液没头没脑、一次次地浇向我。

服务员用起子在一个小洞里转来转去。门开时，发出“吱呀”的声响，好像是无心做错了事。我向他鞠躬，匆匆回到酒席。在那里，有男士与女士、优雅的进食与谈话以及我留下来的手机与一本《世界文学》。他们没有意识到我进入了世界的黑洞，就在刚才。我搓搓手，使劲想了很久，想：确实没有比自由更廉价也更要命的东西。

猿　猴

一周后，她却打电话给他了。她的声音嗡嗡作响，他以为是某位朋友在捉弄他，但通过一些专有的用词他又明白这电话就是她打来的。这让他哭笑不得。尽管他命令自己保持住一名失恋者必要的尊严，但还是忍不住按她的吩咐，去了她家。

（一周前，她出来接见他时，一言不发，只是凌厉地盯着他看。在微微颤抖的他面前，她控制不住自己的愤怒，眉头拧成一团，鼻翼鼓动，同时双唇紧扣。她就是掌握生杀大权的女王。他知道她的意思，自己连做死臣的希望也没有了。他知道她要他滚，滚得远远的。滚哪。）

一只猿猴替他拉开防盗门。它伸手示意，坐。他坐下来。猿猴又替他倒茶，然后自己坐在一边。他憎恨地看着它，心想这事太怪诞了。难道今天我是来参观一只温顺的猿猴吗？他等待她从内屋出来，他已心如止水。自从对对方没有欲望之后，他就真正地刚强起来了。但她一直没来，倒是猿猴突然挪下在桌上的手，凌厉地看着他，这使他不寒而栗。猿猴的瞳孔黄黑相间，深邃如井洞，鼻子像是被谁猛踩过，塌陷下去，鼻孔像两个隧道口，正往外喷气。他和它对视，觉得再怎么也不能输给一个动物。最终它投降了，抬起长满毛的手抚摸自己长满毛的脸庞，粗声粗气地哭起来。“我不喜欢你，就是不喜欢你。你不要来找我，你找我也没有用。”它说。然后站起来。它的胸脯吊着一对发灰的乳房。

月　饼

这东西在中秋节当天下午就开始贬值，几百元卖几十元，几十元卖几元。到了深夜，它就一文不值，适合打发给路边的乞丐。我在中秋节深夜到超市买水。是老板亲自收银，看得出来是用开小卖部的经验在谨慎地开一家超市，因此我能看见她端着一瓷缸的开水，慢慢吞咽月饼，在她面前有七八块月饼，她大约已经吃了一些，还要往下吃。

我家里做生意，吃过不少过期食品。生意人要有巨大的胃。

Z

脏孔雀

葬礼

择选

折纸

真相

镇压

知识

中计

众生平等

猪肉

专注

自我训诫课

祖母

最深的孤独大踏步而来

作恶

左拉之子

脏孔雀

那些穿着长裙像穿着血红色窗帘站在门口微笑的美人儿，像一株脏的植物。每个人对这样的俗气熟视无睹。

她们的脑子在想什么。她们的嘴唇一经噘起便永恒噘起，保持着心怀恶意的笑容。有时她们走来走去，端着一只奖杯、一只瓷盘，有时只是端着一块滚烫的消毒毛巾。她们的步伐按照公司规定。她们以为奥斯卡近在眼前，却进了妓院。她们把美当成身外之物当成论斤出卖的东西。反复出卖。像农民出卖他的体力。汗如雨下，风雨无阻，浑浑噩噩，心怀嫌恶，只盼着睡觉。她们比常人高一两个头，又黑又瘦，从小被施了好肥。很少有白皙的人在其中。也许白皙是优良品种的象征，被更大的买家更好的舞台优先择走。去了芭蕾舞团。就像无籽而皮薄的西瓜。

有时她们的脸沉默如石。在有人命令她之后的三四秒，才反应过来。像睡醒之后不知道在哪里，但这时步伐已像机器自我运转起来。

葬　礼

失去一位亲人。失去旌旗的一杆，枣树一棵。
为我们失去一位亲人耽误一点时间。
因为安葬。我们想到我们也会被安葬。在那
贴好的红砖之下，死者躺着，沉默地听
地面上的碰杯声。话语。脚步声。遥远地离开。
许久以后地归来。轻轻归来。一墙之隔。
失去一位亲人。孩子们仍然好奇但是大人们
在教会他们凝重。

择 选

一切致命之事起于偶然。当我们用碎瓷片将一只蚂蚁驱赶到远方，它就从此习惯生活在远方。每个人在他一生中都会发出至少一次惊叹，要不是没带伞，或者要不是走错一条道路，要不是在那时听从了某个并不重要的邀约，要不是这样，我们就不会相遇，就不会相爱或者成仇。我们像是大师，每天都与大量陌生人发生偶然的遇见，我们极为有手艺地遴选出必然的那一位。我们只会对一个人、一件事发出惊叹，对大多数同样是奇迹的遇见，却视之为垃圾。我们从浩瀚大洋里挑出一颗水珠，然后将剩余的海像洗脚水一样泼掉。当事人L，他熟知女性J，在过去的任何时候他都对她熟视无睹。但是在某个哄闹的夜晚，当他看到坐在角落的她时，忽然产生爱慕。他以后经常赞叹这一命运的奇遇，就像上帝将她送到眼前。他想，要不是恰好有一首动听的歌曲，或者有一束美好的灯光，要不是有这些催人安宁的东西，他就不会在那放荡的时刻瞥见她。而这一瞥，他发现了她从未示人的秘密。上帝在这一刻，像揭开面纱那样，揭开她灵魂的秘密。他被这深不可测的秘密震慑住，哆哆嗦嗦。我告诉他，你并没有什么偶然。你在过去对她熟视无睹，像一块石头与另一块石头那样共存，是因为你自卑。而仅仅两年过去，你们的地位发生对换，她处在最悲哀的时候，而你春风得意。她坐在角落里——被你误认为是对你的召唤。你从心理上无法爱一位公主，但当后者沦落为妓女时，一切有了可能。你对她产生的不是爱，而是怜悯，你觉得终于有资格去占有她了。

折　　纸

在一个县城人的目光里，他妻子脸色蜡黄，鱼尾纹突出。曾经有段时间，眼角的皱纹只要不笑便看不出来，但现在就是不笑，它们也像折纸堆在那里。眼角皱得厉害，而鼻尖及脸颊却闷得紧紧的，光滑见骨。烫着八十年代流行的发型，有点蓬，却是很收敛的那种蓬。不知道为什么，女人一到年纪，烫来烫去便会烫成关牧村那样。她每天都会冷漠地看着丈夫，面对他的不满，她需要很久才能反应过来。而在异乡人的心里，她还保留着神性。异乡人早将那美好的印象毁尽，但这种毁灭是戏剧性的——为了突出女主人公的美与纯粹，让她及时死掉，或者及时堕落。在他心里，即使她的脸被强徒用刀尖毁掉，即使四肢被锯，仍然有神迹可寻。神迹就像灰堆之下强大的火星，风一吹，燃烧整片草原。

真　　相

“兄弟，我们不要说什么太阳落山了。太阳不是为我们一人工作，不是在给我们照明十二小时之后便去休息，和我们一样休息。不，它去另一边工作了，为另一边的人照明十二小时。就像一个婊子她不只为一个男人服务。你懂吗？”

镇　　压

《正义晚餐》的任务

人物：

男人A：阴郁，不可捉摸。

女人B：具备天生的侥幸心理，以为将头扎进沙堆就可以躲避危险。

情夫C：时时刻刻胆战心惊。

背景：

两个半小时。

叙事：

大量无意义的活动。

内容：

男人吻别女人，去参加定于上午十点举行的会议。他上公交车，默念发言稿，下公交车换地铁，因为偶尔打盹，多坐一站，因此往回坐。这个时间段内，得到通知的情夫赶来，与她密会。大约有意思了，情夫止住女人，他们决定慢慢来，墙钟走到十点一刻。男人下地铁，西行五百米，又南行三百米，问了几个路人，折回来，寻到那个大厦，他按纸条指示，推开会议大厅的门，发现空空如也，牌子上写着会议推迟的通告，一位小姐过来说，难道你没接到通知吗？他感觉有些遗憾，准备回家，看到一位朋友也过来了，后者邀他去喝咖啡。“不了，我得回家。”男人说。男人沿着街道往东走，就快要进地铁，朋友大声招呼，说了一个密码性的单词，男人显然是吃惊了，不由自主地停下脚步，像条狗随着朋友走进咖啡馆，聊了好一会儿。男人家里的床戏还在继续，女人展现出不同凡响的贪婪，在情夫总是瞅向床边小钟时，她将钟操起，扔在地上。男人说：“不了，我得回家。”但是这次他说得没那么坚决，半推半就的，因此当朋友拉着他去坐出租车时他并未拒绝，他们没多久就到达一条灰暗的巷子，他们敲开一家门，随房主参观了一堆隐秘的艺术品。然后男人摇摇头，这个意思他的朋友很懂，就是不值得，毫无意义，不要在这些东西上面浪费时间。他们走了，不好打车，因此站在路边抽烟。“很好的天啊。”他们都这样说。他家里的床戏还在深入，高潮总是被女子蓄意推迟，女子说，你坐起来，喝杯水，放松放松。他们不知道男人这时已经上了归程。因为地铁轧死人，地铁被延迟，男子读着地铁里的广告，把广告的每个字都读完，地铁才恢复运行。这次他没坐过站，他出地铁换公交，可车胎半途爆炸了，是啊，总有这样那样的事发生。男人和其他乘客一起上了后来的一辆。而在他家里，情夫已经平安射精，他们躺在床上，静静度过一段时间，情夫感觉像是在真空里，不知有什么事情发生。女人说，你看，才十一点二十呢。男人下公交车，买了几个汉堡，因为看起来像假币，他被耽搁了一会儿。情夫穿好衣服，女人也穿好。男人走进院子，一个小孩骑着自行车莽撞地冲过来，将他逼到花坛上，花坛里有泥，因此他又小心地剔了会儿泥。情人整好衣冠，拉开门走出来。男人往四楼爬的时候，听到楼上有人往下走。男人继续往上走，听到楼上的脚步停了，那人手机响了。“嗯，好的，我这就上来。”那个本来往下来的声音又往上走了。男人继续往上走，就有一个转角走到自家门口时，听到接吻的声音，他的女人对情夫说：“瞧你慌的，也不吻我一下就走。”男人闪身走过来，对着他们说：“好事。”男人逼他们回到屋里。男人端坐在藤椅上，晃荡着一把乌黑的手枪，说：“脱。”女人和情夫脱掉衣服，和前一个小时发生的不同，他们现在更像是被剥光了。“口交。”男人继续发号施令，他们这样去办了，但是情夫阳痿了，但是男人还是命令他们履行这个程序。“传教士。”“女在上。”“侧卧。”……男人吃着汉堡，以极少的单词下达命令。女人和情夫不知什么时候是尽头，什么是终极的解决方式，处于濒死的绝望。男人却是说：“好了，穿上衣服，滚。”这个故事就是这样结束的：情夫带着受到极度摧残的身心疲乏地走下楼，走上街道，好像走向阴间一样疲乏、绝望。在那快靠近黄昏的时光里，什么也不能刺激情夫，什么也不能拯救他。只是当人们像贪食的乌鸦一样聚集在某处楼下时，他才去看了一眼，他看到在六楼的空调上站着一个赤身裸体的男人，后者一只手紧紧巴着窗台，一只手捂着下身。情夫走了，走了很远，听到身后传来一阵惊呼和一件物品砸在地上的声音。

知　识

正义：伪善之人的居所。

爱情：自私自利占有狂的居所。

知识：喜欢攻击他人者的居所。

父母像推销一件商品一样推销知识的好处。如果世上只有一块蛋糕，而饥饿的人有一批，那么最终占有它的只能是掌握知识的人。掌握知识后：别人步行我骑车，别人骑车我坐车，别人坐车我开车，别人开车我坐飞机，别人坐飞机我坐头等舱，别人坐头等舱我坐专机。知识被当成丛林里觅生的武器。知识为竞争而生。所有名词都需要经过你自己重新考察一遍。世上不干不净的人多半寄生于大词之中。

中　计

在希区柯克讲过的众多故事里,《先下手为强》大概是最短的一则。我是从中央编译出版社一九九八年出版的《人类的天性：希区柯克悬念故事集》里看到它的，编译者是王强。编译者这样说:“本书精选了四十八部希区柯克的影视作品加以整理和改编，介绍给广大读者。”豆瓣读者却给了它9.0的高分。《先下手为强》这个故事很老套，就是一个年轻的丈夫想谋害他年老的妻子，以获得巨额遗产。这样的事在影视剧中很多，在生活中也不罕见，有的人就是这样一板一眼地去生活的：和年老的富人结婚，然后继承对方的遗产。

为了获得遗产，华伦先生准备带妻子去阳台，指给她看一朵新开的玫瑰花，然后“一抬，一推”，人们会觉得她为了看花，“身子一定太探出去了”。最后死亡的却是华伦先生，因为华伦太太也要搞死他，而且想到的也是把他带到阳台，把他推下楼去。可以说，两种意愿汇聚到同一条河流当中。他们都为对方如此迅速地中计感到愉悦，以至于觉得世上再没有比把对方骗去杀掉更容易的事。而实际上，正是这种以为对方中计的心态，加速了——或者说加重了——自己的中计。当然最后的死者只有一个，那就要看在阳台上谁更有力量，谁更能找准机会，或者说，看谁站在身后。

故事还讲述了另一种相同点，那就是华伦太太的情欲，她厌倦了华伦先生，想用舞蹈老师毕克取代他。当初华伦不肯接受她的小费，因为不愿让金钱玷污他们之间纯洁的爱情，现在毕克也是这样说的："可爱的小女孩，昨晚我没有接受你慷慨的馈赠，你没有生气吧？我只是不想让金钱玷污我们之间纯洁的友谊。"华伦太太通过重演过去的情事来获取新鲜的肉体感受，也可以说，用钱来买爱情，对她来说，是某种路径依赖。

众生平等

苏童《香椿树街故事》

《古巴刀》。切·格瓦拉用这刀在甘蔗林里砍甘蔗。格瓦拉的眼神在现实生活中是罕见的。“因此它使一些随波逐流又不甘平庸的灵魂感到惊悚。”香椿树街刀具厂工人陈辉想赠送街道领袖三霸几把这样的刀。他到达三霸家时，三霸和一个人正在打康乐棋，棋子撞在棋盘四壁发出清脆的响声。“谁也不知道陈辉是什么时候走的。”陈辉偷窃刀具的事情后来被发现，他挥刀跑到三霸家里，被后者轰出门外，轰到警察面前。陈辉忽而拿刀就砍，伤了很多群众。砍得差不多，又张大嘴巴哭将起来。三霸说，草包充好汉，迟早要露馅的。

苏童接着写陈母拿鸡毛掸子去问责三霸。“我想象切·格瓦拉在甘蔗田里砍甘蔗，手里拿着我熟悉的古巴刀，我还把他出身高贵的母亲想象成一个普通的农妇，她从山岗上的茅屋里端出一盆清水，等待着儿子从甘蔗田里归来……而且我看见那个美洲母亲返身走进茅屋，再次出来时她的手里拿着一把鸡毛掸子。”

这种文字上的哲学游戏，唤作“众生平等”。作家像泥瓦匠，将最粗硬的石头和最细小的沙子糊成一堆，然后洒几滴悲悯的泪。在叶弥的小说《天鹅绒》里，小村长对情人说：“我想做你用的草纸。”又写查尔斯王子对卡米拉说：“我恨不能做你的卫生棉条。”然后作者写：“于是我们思想了，于是我们对生命一视同仁。”

《伞》证明苏童是位天才。

开篇第一句话是：“一把花雨伞害了小女孩锦红。”过程如下：1. 在伞厂上班的姨妈从出口仓库捞了几把伞回来；2. 分给锦红的尤其漂亮（绿绸布上缀红蘑菇，伞柄是有机玻璃，内嵌红色玫瑰）；3. 锦红天天听天气预报，往年有雨没伞，今年有伞却没雨了；4. 某日来了短脚雨，锦红匆匆跑出去，雨点打在伞布上，“啪啪啪”响几声，便沉寂了；5. 锦红不能消除那虚荣，还是撑伞上街；6. 忽而来风，伞翻滚着去了一家门口；7. 锦红捡走便无事，可她叉着腰骂，看你跑，看你跑；8. 春耕闻声走出来，他决定调戏这小女孩，把伞提高，让锦红跳；9. 锦红气急败坏大骂，春耕就揍她；10. 锦红失去知觉，最终是私处强烈的疼痛唤醒她。

有意外，有宿命，有躲避处，有难逃处。

春耕妈妈去锦红家求饶，得不到原谅，春耕妈妈也有绝招，便是春耕不满十八岁。以后锦红大了，妈妈给她挑了名老实巴交的建筑工人，锦红却是被打回娘家了。因为锦红不肯过那种生活。锦红妈妈说错一半在女婿，一半在锦红，看到女儿的伤又叹息，就邀集亲戚去找女婿算账。走到半路，看见春耕正在替人修理自行车。故事到这里结束就好了——“李文芝的腿一软，就蹲下来了，李文芝突然发现了一个祸害的根源。她蹲在路上，被痛苦压得站不起来，亲戚们问她，不去找小张算账了？李文芝摇摇头，眼泪一下溢满了她的眼眶。”

在《古巴刀》里，陈辉被发觉偷窃工厂的刀，是因为一名女工掉了饭盒。

“陈辉，帮我捡一下。”

“懒货，你自己没有手？”

“死白脸，你拿什么架子？让你捡是看得起你。”

陈辉就去捡，弯腰的动作很僵硬，像是腰部出了毛病。然后他的工作服被划破了，人们发现他的裤腰上插着三把古巴刀。

猪　　肉

猪肉可分为里脊肉、臀尖肉、坐臀肉、五花肉、夹心肉、前排肉、奶脯肉、弹子肉、蹄髈、脖子肉、猪头肉、凤头肉、眉毛肉、门板肉、盖板肉、黄瓜条、腰柳肉、颈背肌肉（简称1号肉）、前腿肌肉（简称2号肉）、大排肌肉（简称3号肉）、后腿肌肉（简称4号肉）。因为不同部位材质不同，它们被分为四个等级（特级、一级、二级、三级），以对应具体的烹调需求，比如里脊适合于切丁，前臀尖适合于做包子馅。它们排列整齐，肉质鲜红如日本料理里的生鱼片。超市会在进行预冷、排酸、切割等工作后，将它装在塑料托盘上，启动气调保鲜包裹机，给它们添加一层保鲜膜。我们一直觉得它是制造出来的产品之一，正如饼干、糖果、罐头和汽水。但是每头猪都藏着一份族谱。没有一头猪诞生于今年春天的虚无，它来到我们的餐桌前必定经历历代子宫的挛缩。它们看起来毫无意外，在潮湿阴暗如烂泥塘的围栏内生活，吃饱达到一定重量，准时死亡。在祖先中有一头随着摩西出了埃及，亦有一头曾经站在阿尔卑斯山山巅，俯视欧洲。当然也会有人类试图调教它，最终使它的鼻子具备初步计算功能。因为嗅觉灵敏，有的海关用它来搜查毒品。每头猪都拥有至少四千万年的历史。它是四千万年里无数次交配的结晶。牛羊马和老鼠亦如此。每个活着的物种都有极其恐怖而悠长的历史。它们比人类更穷凶极恶于食物。猪如果不进入屠宰场，可以活二十年，而老鼠只能活两三年。它们从来没有忘记生育。我从来不知道它们生育的意义何在，就像我不知道人类生育的意义何在。我们这些物种到底在等待什么？那天空永远寂静，从没谁要来。

是谁搭建了这么完美的天空？蔚蓝、深邃、剧院一样的穹顶。是谁构造好这么完美的外在，将它留在我们眼前？

附1：

等待

一天，人类的后代，他坐在山顶，看见天际发出地震那样的隆隆声，一辆有一百个故宫那么大的战车从天上飞驰而来，忽然明白人为什么被一茬茬生下来的道理。他是一条脆弱链条的末端。现在所有活着的人都是一条脆弱链条的末端（他，父亲，祖父，曾祖父，太祖父，明，元，宋，唐，晋，汉，秦，战国，春秋，周，商，夏，五帝，三皇，源头）。在这中间，任何一代祖先只要出一点点问题，生育便可能中止，所谓的香火便要断掉。但是香火的意义何在？直到这一天，当他坐在山顶，看见那伟大的战车从天空驰来，他才明白：那在地球出现的第一个人，那所有人的祖先，那元的人，是驾驶这辆战车的神的兄弟。这元的人在等待战车载着自己返回父亲的宫殿，但他接受的是死亡的惩罚。元的人用生育来抵抗。他生下一代，下一代生下一代。一代代延续至今，已无人知道元人的愿望，但基因里仍残存着他等待的焦灼。

“我来了，我来了呀，我的弟弟。”驾驶战车的神抓紧挥动鞭子，马儿朝低空跑得更疾。这神越来越清晰地看见他弟弟的后代，禁不住热泪盈眶。就像我们的伯伯悲伤地看着死去父亲的我们。“我虽然来晚了，但我还是来了啊。”神的鞭子抽得啪啪响。

所有的导弹、核武器都打了上去。它们披着理性的外衣，掩盖人类的恐慌。神看见他的兄弟的后代，在用稻草袭击自己，忽而明白兄弟只是一堆白骨，便掉转战车，回往那永生的牢笼。从此，我们人类又漫无目的地生存下去，像一群无意义的风，在黑色深渊里不停呼啸着前进。

附2：

结局

大水准时到来：没有一道合适的河床可以管理住那终将到来的大水。它从天边隆隆驰来，第一个浪头就有几层楼高。所有的地面都是它经过的河床。它一共要游过去三五天，所有的人都被它冲走。

专　注

我去看过一次昆曲表演。报幕员是个西装革履的中年男人，自始至终带着笑容。我们总是在严肃者或者威严者的笑容那里看到力量。他大致这样说："您看这样行不行，我们将手机关掉或者设为静音。"在交代前他还致歉。在五十年前、八十年前，他并不需要这样恐吓观众。

他一定是感受过侮辱才这样用劲说话。

他没说的心里话是："傻×，要玩手机在家里玩不好吗。"

有时我喜欢去电影院，因为封闭的空间、巨大的屏幕以及浑厚的音响足以使你神游进另一个世界。你可以专注地阅读一个故事。但是——即使观众再少——总会有人掏出手机，让荧光照射到你的眼球（像用手电筒照射做梦的人）。或者干脆接起来，"喂，喂，喂"。一定要让自己的声音大过电影的声音好让对方能听清。这时我便走神，咬牙切齿地幻想自己是希特勒，拿起手枪，对准，逐个点射。手机堪为白蚁。

报幕员、昆曲表演者、电影演员、主席台上作报告的，都将面临手机的挑战。这是个脾气很好、死皮赖脸的敌手。它有着太多即兴的花样，勾引走这个世界的绝大部分人。它使人们变得涣散、无力，表面上看它还是让你日理万机的。有了手机、微信、微博，我们总是比政要还忙，每天要批阅很多事。但是我们的专注也跟着消失了。

作为一个写作者，我的缓慢多半是因为这些。我总是痛骂自己：傻×，你今天怎么又打QQ游戏了。你怎么不关机。骂多了便看到愧疚像巨塔，在房前愈长愈高。

日后若有人胜利，必是珍稀的专注者。因为绝大多数的竞争者都丢下了武器。

自我训诫课

昨夜好像来了一点激情，一口气写了三千字。那是关于一个丑闻的描写。然后上床睡觉，睡不着。那文字中的不妥感像癌细胞，慢慢长大，最后让我觉得百无一用。半年前我就想清楚了一个问题：对一个习惯于写作的人来说，重要的不是写什么，而是不写什么。可现在我又在采取一种极其错误的方式写。我在写的时候，就像一只可耻的孔雀，轻佻、取悦，尽量在展示自己。我感到可耻。

这可能跟这些天接受过一些采访有关系。我一辈子没接受过采访，这次四个面访的记者都是女子，长得都好看。因此我夸夸其谈。就好像不是对方在采访我，而是我在向对方倾诉。或者说是一种展示。有时为了让话语显得更有效果，更容易征服对方，我会在讲述过程中修饰一些事情，使它便于成为传奇的东西，而不是事实本身。我能感觉到对方眼神里放射出的鼓励光芒，这就像一个相声演员看见台下在鼓掌。他会记得那让人鼓掌、发笑的方式，而屡次走向这一轻便的河流。他掌握了技巧。

我掌握了怎样写会对读者形成心理暗示（或者说心理按摩）的技巧，但我远离了那神圣的书桌。远离了加缪、陀思妥耶夫斯基、卡夫卡这些先师为之矜持的东西。我感到自己下贱不堪。因此我在失眠当中决定停止继续写这篇不妥的文章。

——不是它的内容不妥。

——而是一种可憎的、孔雀开屏的讲述方式不妥。我决定将这个线索留着，如果我焦躁不堪，最近也许会重写。但是我决定站在那主人公身边，体察他那恐惧的内心，而不是将他拎出来，作为一个取悦于他人的礼物。我想让他变得不那么远离。

我写了很多个故事、很多篇小说，但是能让我感到像石头一样扎实的只有几篇。剩下的带给自己的是耻辱。我写过三个怪异的故事，《火星》《狐仙》《春天》，它们都是在内心献给人的，采用的是蛊惑对方的方式，因此它们轻佻。《巴赫》几乎是最令人痛恨的东西，因为在这个题材里，这种写法几乎是所有方式里最愚蠢的一种，我当时走的是阿里桑德罗·巴里科的路线，我给主人公起的名字叫巴礼柯。而这个意大利作家除开能带给人一种小资般的廉价忧伤，什么也不能带来。

我无法原谅像《两生》《翡翠椅子》这样的作品。它们油滑，不堪一击。

有一天我读了余华的《兄弟》，感到对这个作家的迷信动摇。这部作品砸伤的不是自己，还有他此前所有的作品。我开始看到《活着》和《许三观卖血记》里暗藏的投降之河。与其说是余华在宣扬一种老庄的生活忍耐力与超脱感，不如说是他在寻找一种蛊惑读者的方式。甚至这堕落还直接撼动了他在成大名之前写的《现实一种》。《现实一种》是一部神作，但是最后一段纯属狗尾续貂，那油滑、乖张而卖弄的描写表现了一个作家对自己作品的恋恋不舍。他没有刹住这个车，也许他以后一直也没刹住这个车，他一路滑向那些对一个读者来说比较好但是对作者来说是耻辱的境地。

因此，我看到的余华之河，是一条堕落之河，他逐渐取消了自己的神圣。

我要学会去维护那神圣感。可能以后不要老没事就在文字里自嘲。或者说是为了达到某一种效果而背叛自己。是则是，非则非，努力甩开那些隐藏读者对自己的影响。他们从来都是好发言、瞎指挥。他们会经常对我这样一个基本阴暗定性的作者提出无理要求：你怎么就不能写点温暖的东西呢？

他们总是用一种无形的、群体的力量控制着作者的大脑。我想做那个潘家园的卖书人。有一天我在潘家园碰见一个卖旧书的，当我挑好一本书，将钱抛下去时，他捡起来，将找的钱也抛下来，让我去捡。我当然可以不买他的书。但是我在想，为什么我就比对方多一点权力呢？我付费，他付书。无非是对等交换。他没必要躬下身子来给你掸掸灰尘。

我在努力克制心中这个群体的影子。我不教给别人什么，也不想别人教给我什么。重要的是不写什么，而不是写什么。重要的是克制，是做减法，去除那些花枝招展的东西，保留人的基本含义，而不是四处兜售一个正确的自己，一个在道德和智慧上所向披靡的自己。重要的不是诺兰、博尔赫斯，而是加缪、陀思妥耶夫斯基。不是魔术师。

重要的是自己知道自己的大多数作品最终会下沉到一无所有。因此不去维护它，不去建立自尊。也不必为此接受别人的礼赞。

附：

根纳季·艾基

我想了很久，重要的不是写什么，而是不写什么。因为我觉得自己不会缺乏写作的材料和内容，永远不缺。我根本不会枯竭。后来见到北岛老师说，多年前他和艾基同在一所学校教书时，艾基跟他说，自己在高尔基学院学习时唯一的收获是不写什么。我想艾基的意思是不要写政治之类的什么。我觉得这真是一个鼓舞人心的巧合。

祖　母

在县城的酷暑中，一家人关起门，秘密地吃西瓜。妈妈说，去叫奶奶。第一个儿子去了，第二个儿子又去了，第三个儿子也去了。奶奶总算咧着嘴笑嘻嘻地动身，小心翼翼，一下一下地，从楼上走下来。奶奶走过来时，目光楚楚可怜，看了大家一圈。每个人嘴里都吃得黏糊糊的，说，婆唉，吃西瓜。奶奶却是扯扯裙摆。就是这细小的动作，让大家注意到：奶奶穿了一件新裙子，像透明的纱，薄如蝉翼，光线如此猛，竟能看见里头的内裤。奶奶像只桶子穿着一层水。大家沉默不语。奶奶把裙子又扯扯，问："好看吗？"

妈妈抢白道："怎么不好看呢？要多好看有多好看。"

大家七嘴八舌地说："好看啊，时髦。"

奶奶就咧开嘴，笑嘻嘻地走过来，捉起一块瓜，稳重地吃了一口。

最深的孤独大踏步而来

想坐在太阳已经走掉然而光线还没泯灭的时光里
坐在斜坡的背对着你的那一面
看着沉默一次次降落下来
无数次降落下来，降落在眼前、远方和我的身后

作　恶

早上弟弟出门。
他，倒插门的女婿，
欺骗妹妹，
诳她到丛林。
褪下她裤子，
说：你比我老婆，也就是
你的姐姐，要白要嫩。

这个时候，
弟弟出现，手上捉着一只
惊愕的鸟。
弟弟一句话没说，
就被他用斧头敲死。

惊愕的鸟飞向天空，
而斧头朝下，朝着妹妹的
脑袋击来

弟弟的裤子也褪下。
弟弟的尸体俯卧在
妹妹的尸体之上。

左拉之子

左拉《陪衬人》

最近读《左拉中短篇小说选》（人民文学出版社，一九八六年版，重印于一九九七年）。我挑读了《陪衬人》、《广告的受害者》和《昂什内娜》三篇，寡淡无味，就像惯坐马桶的人挖掘出旧日的便壶，实在欣赏不起来。

左拉是敏锐的，他在十九世纪便能判断出广告对一个人的奴役，以及连人的尊严都能交易的现实。但这在二十一世纪毫无价值。《陪衬人》说，那个中等姿色的女人，您根本不会去注意她。可是假如她和丑八怪走在一起，那么这一个的丑就可以反衬出另一个的美。我能想到左拉灵感突来时的兴奋，为此他行文快捷、布局草率。我所翻阅的他的作品都有这个缺陷，因此在今天看来，他应是一个蠢笨的作家。

《陪衬人》一共六节，第一节精华全出，讲出丑也可以出售。此语一出，读者已然清楚，作者却又拉扯出五节，讲商人杜朗多如何筹划、实施这门生意，气势遂一而鼓再而衰三而竭。在第六节，作者跳出来说："也许有一天我会写一本《陪衬人的隐衷》。"我想，你为什么不就在这里写呢？在卡夫卡的《变形记》里，人变成甲虫作为奇迹，是一种开始，它将展开肉身哑口无言的呼喊，而在《陪衬人》里，丑可以出售作为奇迹，开篇即结束，它错过塑造一个丑八怪式文学形象的机会。它只是发出一阵奇怪的嚎叫，听哪！在巴黎，杜朗多以每小时五法郎的价格向那些其貌不扬的女人出租丑八怪！

但我是左拉的儿子。我记得他，是因为在一九九〇年春，有人拨开雾障告诉我，人有活在云端的可能。当时我刚从乡下转学至县二中，面对那些已穿上皮鞋、学会将手插在裤兜走路的同学，我像老鼠一样局促。我的父亲是医药公司职工，母亲是童养媳，农业户口。我直到从那所学校毕业，也没洗清自己出身的悲哀。我认识的一个朋友，母亲也来自农村。有天有人骂他："你妈×，我操你妈×。"这个算老实的人忽然打起对方来，嘴里还吼："你骂我一千遍一万遍都可以，但不能骂我老娘。"

围观的人都被震撼了。但我觉得他并不爱老娘，他这样说，其实还是恨吧。

在这悠长而阴暗的中学岁月里，只有一抹亮光，来自语文老师王仿贤。他毕业于师专。我们知道，毕业于师专或师范的人总是穿一套西服，自我矜持，是小城里唯一信奉缪斯的人种。有天，他忽然扔掉课本，拿出《左拉中短篇小说选》来，蘸着口水翻到《陪衬人》，朗诵起来："在巴黎，一切都可以出售。"

他的牙齿是暴突的，读得那么猴急，以至于口水喷溅出来。他从讲台一直读到后墙，绕过去又读回到讲台，弄得所有人愕然不止。大家都知道他因为丑陋迟迟不能婚配。而他读到精妙处时，实在无法形容了，便点着书说："你们看啊，你们看。"可以想象，昨夜他刚读完时，神情澎湃，试图去找朋友，未遂，去操场走了几趟，极其空虚地对着星空吼了几声。在今天上午，这个眼睛布满血丝的老师最终克制不掉那倾诉的欲望，让我们生生承受了。作为老师，他当然地对我们拥有权力。而我们以冷漠回报他。

我们都没有当一个人知音的资格，甚至是长长一生都没有。有很多次，当我想拿起电话告诉某个人一些奇怪思想时，我自己憋了回来。我觉得可能是自取其辱。大多数人变成社会的子民，就是王仿贤本人也被这股强大而温柔的泥流吞噬。世界上的多数人百无一用，只留左拉在高空星光熠熠。但是我多少还记得这壮丽的一幕。我一个字也没听下去，我看见的全部是一个语文老师臣服的表情。当时我的想法是：如果我也能像左拉一样，让人如此撕心裂肺、捶胸顿足就好了。我就可以忘记我的母亲，还有四壁漏风的平房。

作为一种德性，我现在瞧不起左拉也是合理的。

图书在版编目（CIP）数据

阳光猛烈，万物显形 / 阿乙著. —南京：译林出版社，2022.4
（阿乙作品）
ISBN 978-7-5447-8863-2

Ⅰ.①阳… Ⅱ.①阿… Ⅲ.①随笔－作品集－中国－当代 Ⅳ.①I267.1

中国版本图书馆 CIP 数据核字（2021）第 199227 号

阳光猛烈，万物显形　阿　乙／著

责任编辑　管小榕
特约编辑　侯擎昊
装帧设计　好谢翔
封面绘图　大大黑
校　　对　蒋　燕　王　敏
责任印制　颜　亮

出版发行　译林出版社
地　　址　南京市湖南路 1 号 A 楼
邮　　箱　yilin@yilin.com
网　　址　www.yilin.com
市场热线　025-86633278
排　　版　南京展望文化发展有限公司
印　　刷　徐州绪权印刷有限公司
开　　本　850 毫米 × 1168 毫米　1/32
印　　张　12.875
版　　次　2022 年 4 月第 1 版
印　　次　2022 年 4 月第 1 次印刷
书　　号　ISBN 978-7-5447-8863-2
定　　价　59.00 元